La Da[nseuse d'Izu]

Le 16 avril 1972, la même [...]
nais Yasunari Kawabata se [...]
nous autres Occidentaux que [...]
deux ans plus tôt. En 1972, [...]
gloire.

En France, on le connaît surtou[...] [...] avec des livres
comme *Pays de neige* et *Nuée d'o[...]* [...] dont les titres évoquent
déjà quelque délicate peinture [...] soie avec son raffinement, sa
subtilité, sa légèreté. Kawabata est le romancier de l'impalpable,
de la ténuité, de la transparence. Dans *La Danseuse d'Izu* aussi bien
que dans *Pays de neige*, son roman le plus connu qu'il mit treize ans à
écrire, de 1935 à 1948, *Le Lac, Kyôto, Les Belles Endormies* ou *Tristesse et
Beauté* son dernier livre, partout se détache, se dessine plutôt, en con-
trepoint, la présence suggérée de la nature. Poésie de la fragilité, de
la précarité, la nature chez Kawabata passe par le silence de la montagne comme par la luxuriance des massifs en pleine floraison : tuli-
pes, cerisiers, champs d'orge et de pavots, rameaux d'ibiscus,
camphriers à la force inquiétante... Parfois le paysage se rehausse
d'une rivière ou d'un torrent coulant sous un bouquet de saules pleu-
reurs, ou encore d'un lac perdu dans la brume.

« Il suffit d'une branche d'arbre bien peinte pour qu'on entende le
bruit du vent », disait Kawabata. Et de fait une sensualité si aiguë
apparente l'écrivain aux peintres extrême-orientaux. On y retrouve
des images qui s'estompent tandis que surgit le trait incisif, presque
dur, mais le tout, nimbé comme derrière un voile, baignant dans une
harmonieuse ordonnance. De ces paysages en apparence tranquilles
montent une sérénité précaire, un parfum d'étrangeté. Partout il y a
envoûtement.

Curieusement, cette grande élégance, ce charme sans cesse renouvelé
— et c'est encore plus vrai dans les nouvelles qui composent *La Danseuse d'Izu* — se doublent souvent d'un besoin de cruauté. Par un
détail, aussi invisible qu'un fil de soie, s'échappe du récit une ombre
atroce, terrible.

Dans *Le Lac* qui est en sorte son testament littéraire, le personnage
principal, un ancien professeur sans cesse séduit, comme l'était
Kawabata lui-même, par les toutes jeunes filles, souffre d'une laideur
incommensurable des pieds. Ils sont laids, hideux, simiesques et
pourtant ils marchent à la rencontre des passantes à la beauté trou-
blante. C'est du reste une constante chez Kawabata que la recherche
de ces adolescentes, comme cette enfant qui danse au son du tambour et qui « a la grâce d'une fleur qui s'épanouit » dans *La Danseuse
d'Izu* ou bien ces poupées vivantes à peine nubiles des *Belles Endormies*.

(Suite au verso.)

Qu'elles soient vertueuses ou prostituées, ce qui compte c'est leur jeunesse et une certaine innocence enfantine. Là se situe l'érotisme diffus de l'écrivain japonais, et cet érotisme latent n'est pas sans dépayser le lecteur. « Je voudrais la suivre elle, la femme, jusqu'au bout du monde. Mais cela non plus n'est pas possible. La suivre ainsi, cela voudrait dire qu'il faut la tuer », écrit-il dans *Le Lac*. Les personnages de Kawabata sont pris de vertige devant la femme. La femme, c'est à la fois la joie secrète et la source d'une tristesse mortelle, c'est le remède et le poison. Pour échapper à cette ambivalence, sans doute ne faudrait-il approcher le corps féminin que dans l'abandon équivoque d'un repos sous narcotique, comme le fait le vieil Eguchi dans *Les Belles Endormies*.

Si, comme on le sait, l'érotisme a goût de mort, c'est bien parce qu'il contient en lui l'angoisse de la dégradation, l'usure du temps, la déchéance, l'irréparable horreur de soi-même. Les décors de Kawabata s'accordent souvent à ce climat morbide comme l'envers de la nature un soir d'automne : ce sont des lieux d'épouvante et de malaise, la nuit tombée, des terrains vagues, des cafés sordides, des souterrains glauques, des établissements de bain douteux, tout un monde d'amertume et d'humiliation.

La mort est là, toujours présente, jamais insistante mais sans concession. Kawabata l'a depuis longtemps acceptée, lui qui perdit très tôt ses parents, son unique sœur puis le reste de sa famille.

Sa première expérience littéraire remonte à 1914 quand il écrit *Le Journal intime de ma seizième année*. *La Danseuse d'Izu*, dont la version définitive paraît en 1926, est aussi une œuvre de jeunesse. Cinq nouvelles composent ce recueil dont « La Danseuse d'Izu » est la plus émouvante. Mais toutes nous touchent par leur exquise tendresse et leur beauté mélancolique. Que ce soit à travers les émotions d'un lycéen parti à la poursuite d'une jeune danseuse, les rêveries d'un vieillard au milieu de ses oiseaux, les retrouvailles de deux amants ou l'évocation de l'infirme à qui sa femme faisait voir le monde dans le reflet d'un miroir… la vie est là tout entière et ces fragments juxtaposés d'instants restituent l'histoire changeante des destinées.

Tous les livres de Kawabata évoquent le Japon traditionnel. Pour lui l'américanisation accélérée, l'européanisation à outrance de son pays ne peuvent qu'apporter enlaidissement, décadence et vulgarité. *Kyôto*, écrit en 1962, est sans doute le roman qui exprime le mieux le refus de cette nouvelle civilisation et le suicide de l'écrivain.

Ce qui hante le lecteur de Kawabata, c'est cette voix toujours en sourdine qui le sollicite et pourtant l'égare, l'accompagne et le perd. Ce lent travail finit par exercer une magie. La narration en apparence simple, dépouillée, voire austère, s'enrichit de signes, de sous-entendus, de sens cachés qui soudain démultiplient l'œuvre, comme dans des miroirs parallèles.

Nicole Chardaire

YASUNARI KAWABATA

Prix Nobel de Littérature 1968

La Danseuse d'Izu

NOUVELLES

TRADUITES DU JAPONAIS
PAR SYLVIE REGNAULT-GATIER,
S. SUSUKI ET H. SUEMATSU

ALBIN MICHEL

ŒUVRES DE YASUNARI KAWABATA

Dans Le Livre de Poche :

LES BELLES ENDORMIES *(Série Biblio)*.
PAYS DE NEIGE *(Série Biblio)*.

LA DANSEUSE D'IZU

1

Le sentier décrivait tant de lacets que je pensais atteindre bientôt le col du mont Amagi. Je voyais approcher l'averse qui blanchissait le bois épais de cryptomérias et qui me pourchassait depuis le pied de la montagne avec une vitesse terrifiante.

J'avais vingt ans ; j'étais coiffé d'une casquette de lycéen, vêtu d'un kimono bleu foncé à petits motifs blancs et d'un ample pantalon plissé ; je portais sur le dos ma sacoche d'écolier. Parti tout seul en voyage quatre jours auparavant pour visiter la presqu'île d'Izu, j'avais passé la première nuit dans la station thermale de Shuzenji, puis les deux suivantes dans celle de Yugashima ; maintenant, juché sur mes hautes getas de bois dur, j'entreprenais l'ascension du mont Amagi.

L'automne en cet amoncellement de montagnes, les forêts vierges, les vallées profondes, me charmaient, certes, mais pourtant je pressai le pas, le cœur gonflé par mon espoir ; et puis, de grosses gouttes de pluie commençaient à me fouetter. Je gravis donc rapidement les zigzags abrupts du sentier pour parvenir enfin devant une maison de thé qui montait la garde à l'entrée nord de la passe d'Amagi. Là, je fis halte, ayant trouvé refuge et merveilleusement comblé dans mon attente : je venais de reconnaître la petite troupe de forains.

Me voyant debout, la danseuse se souleva pour m'offrir le coussin sur lequel elle était assise, le retourna poliment et le disposa près d'elle.

« Mmm ! » marmonnai-je, et de m'asseoir.

C'est que j'étais hors d'haleine après avoir escaladé cette montagne au pas gymnastique, et pris de court aussi. Le remerciement que j'aurais voulu formuler resta coincé dans ma gorge. Pour dissimuler le trouble que j'éprouvais à me trouver soudain en face de la danseuse, et si proche, je tirai du tabac de ma manche ; elle disposa devant moi le cendrier placé d'abord près d'une de ses compagnes.

La danseuse semblait âgée d'environ dix-sept ans ; elle était coiffée dans un style traditionnel que je voyais pour la première fois, mais qui s'harmonisait avec son visage aux traits fermes tout en le faisant paraître très menu. Elle évoquait assez bien l'une de ces héroïnes qui peuplent les romans populaires. Quant à sa compagne, c'était une femme d'une quarantaine d'années. Il y avait encore deux jeunes filles et un jeune homme qui pouvait avoir vingt-cinq ou vingt-six ans. Celui-ci portait une veste courte et large en cotonnade bleue, marquée dans le dos de l'emblème d'un des hôtels d'une station thermale de Nagaoka.

J'avais à deux reprises déjà rencontré cette petite troupe de forains. D'abord près du pont de la Yugawa, sur la route de Yugashima. Ils se rendaient alors à Shuzenji. La danseuse portait un tambourin. Je m'étais retourné plusieurs fois pour mieux les voir, et j'avais alors éprouvé le sentiment d'être devenu un véritable voyageur. Ensuite, pendant ma seconde nuit à Yugashima, ils étaient venus se produire à l'auberge où j'étais descendu. Perché sur l'escalier, à mi-étage, j'avais contemplé de tout mon être la jeune fille qui évoluait sur le plancher de bois, à l'entrée de la maison.

L'autre jour à Shuzenji, puis à Yugashima ce soir-là... Ils devaient donc passer le mont Amagi et suivre la route qui pique vers le sud et traverse la station thermale de Yugano. Sur la foi de cette conclusion peut-être arbitraire, j'avais pressé le pas. Et alors, entrant dans la maison de thé pour m'abriter de l'averse, je les avais vus, ce qui comblait mes vœux, et j'en étais tout confus.

Au bout d'un moment, une vieille, tenancière de cet établissement, me conduisit dans une autre salle. Il n'y avait pas de porte coulissante — il me parut qu'elles ne servaient pas d'habitude. Je contemplais, en dessous de moi, la vallée, tellement profonde que le regard s'y perdait. Il faisait un froid noir ; j'avais la chair de poule, je frissonnais et je claquais des dents. Lorsque je dis à la vieille qui me servait du thé combien j'étais transi, elle m'emmena dans la pièce qu'elle se réservait, à elle et à son mari.

Je devais y trouver un foyer ouvert ; la chaleur me frappa le visage quand je fis glisser la porte. Pourtant, sur le seuil, j'hésitai. Devant moi, gonflé comme un noyé, pâle, un vieillard assis posait sur moi un regard morne, et ses yeux paraissaient décomposés jusqu'aux pupilles. Il était enseveli sous des paperasses, des sachets, qui s'empilaient autour de lui. Je restai pétrifié, fasciné par cette apparition fantastique, par cette créature de la montagne dans laquelle j'avais peine à reconnaître un homme, et vivant.

« Je vous demande bien pardon, monsieur, de vous mettre en présence d'un pareil vieillard, mais ne craignez rien : c'est mon vieux mari. Vous le trouvez bien laid, mais je vous demande la permission de le laisser là, car il ne peut plus bouger. »

Après s'être excusée de la sorte, elle m'entretint de

lui. Depuis longtemps, cet homme vivait paralysé — totalement paralysé. Cet amas de papiers, c'étaient des lettres venant de divers pays, lui indiquant des traitements pour son mal, et ces tas de sachets, des emballages de produits pharmaceutiques qu'il avait pu faire venir de l'étranger. Chaque fois qu'il entendait parler de médications nouvelles par des voyageurs, ou quand il trouvait des réclames de drogues dans les journaux, il tâchait de se les procurer, vivant dans la contemplation de toutes ces lettres et de tous ces sachets, sans jamais consentir à ce qu'on en jetât un seul. Ainsi s'était, en quelques années, édifiée cette montagne.

Ne trouvant rien à répondre à la vieille, je me penchai sur le foyer. Une automobile qui traversait la montagne ébranlait la maison.

Pourquoi, me demandai-je, ce vieillard ne voulait-il pas descendre de ce col où il faisait si froid dès l'automne, et que la neige allait bientôt blanchir ?

Le feu brûlait si fort que mes vêtements dégageaient de la vapeur et j'en éprouvais un réel mal de tête. La vieille, pendant ce temps, bavardait avec les forains dans la salle de restaurant :

« Ce n'est pas croyable ! C'est la petite que vous ameniez ici jadis ? Déjà si grande ? Vous devez être heureux d'avoir une demoiselle comme cela. Que les filles poussent vite ! Elle est si jolie ! »

Au bout d'une petite heure, je compris à certains bruits que les forains s'en allaient. Rien ne me retenait, moi non plus ; cependant, malgré ma crainte de les perdre, je n'osai me lever. Assis près du foyer, irrité, je parvins à me persuader que je saurais les rejoindre en une seule étape, même en prenant un ou deux kilomètres de retard sur eux, car il y a des limites aux distances que peut couvrir une femme, si rompue soit-elle aux voyages à pied.

Loin de la danseuse et de ses compagnons, mon imagination prenait son essor, comme si leur absence l'avait libérée.

Je questionnai mon hôtesse, qui venait de les voir partir.

« Où passeront-ils la nuit ?

— Sait-on jamais où couchent des gens de cette espèce ? Ils passeront la nuit où ils trouveront des badauds ! Ils n'ont probablement rien prévu pour ce soir. »

Sa façon de s'exprimer, révélant un si profond mépris, m'exaspéra tant que j'aurais été tenté d'inviter la danseuse à partager ma chambre cette nuit-là.

La pluie devenait plus fine, la cime de la montagne s'éclairait. La vieille s'évertuait à me retenir et à me convaincre que le temps se remettrait au beau dans une dizaine de minutes, mais je ne tenais plus en place.

« Mon pauvre monsieur, soignez-vous. Bientôt il fera froid ! » dis-je de tout mon cœur, quand je me relevai.

Le vieillard hocha faiblement la tête en tournant vers moi ses yeux jaunis au regard pesant.

« C'est trop ! criaillait sa femme en me poursuivant. Je n'en mérite pas tant ! Vous êtes trop bon ! Je ne sais comment vous remercier. »

En dépit de mes refus, elle insista pour me faire un bout de conduite, serrant dans ses bras ma sacoche qu'elle ne voulait pas me rendre. Elle me suivit de son pas trottinant pendant une centaine de mètres, répétant sans se lasser : « Ce n'était pas la peine, ce n'était pas la peine ; excusez-moi de vous avoir si mal reçu. Votre visage restera toujours gravé dans ma mémoire. Je vous remercierai mieux de votre générosité lors de votre prochaine visite. Ne manquez pas de revenir chez nous, je ne vous oublierai pas. »

Comme je ne lui avais donné qu'une pièce d'argent de cinquante sens, ses remerciements me tiraient presque des larmes, mais sa marche lente et vacillante ne m'en agaçait pas moins, car j'étais impatient de rejoindre la danseuse.

Nous arrivâmes enfin au tunnel. « Merci beaucoup, mais vous avez laissé votre vieux mari seul, il vous attend ! » Finalement, et bien à contrecœur, elle me restitua ma sacoche. Je m'enfonçai dans la galerie. L'eau froide y coulait goutte à goutte. A l'autre extrémité, une petite bouche de clarté s'ouvrait sur le sud de la presqu'île d'Izu.

2

Le sentier du col, bordé d'un côté par une barrière peinte en blanc, jaillissait en zigzaguant, tel un éclair, de la bouche du tunnel. Au fond de la perspective qui s'offrait à mes yeux comme une maquette, je distinguais mes forains.

J'avais parcouru cinq cents mètres à peine que je les rejoignais mais, n'osant ralentir subitement mon allure, je dépassai les femmes en affectant un air indfférent. L'homme, qui marchait seul en tête, à vingt mètres d'elles, s'arrêta quand il me vit.

« Vous allez vite…, me dit-il. Le temps s'est remis au beau. Quelle chance ! »

En laissant échapper un soupir de soulagement, je réglai mon pas sur le sien et continuai de cheminer à sa hauteur. Il se mit à me questionner. Les femmes, voyant que nous commencions à bavarder, accoururent vers nous.

L'homme portait une malle d'osier sur le dos. La femme de quarante ans tenait un petit chien dans les bras. L'aînée des jeunes filles était chargée d'un ballot enveloppé dans un carré d'étoffe et la seconde d'une grande malle d'osier, elle aussi. Quant à la danseuse, elle avait, arrimé sur le dos, un petit tambour et son support.

L'aînée des jeunes filles engagea peu à peu la conversation. « C'est un lycéen », dit-elle à la danseuse en aparté. « C'est vrai », répondit celle-ci avec un petit rire. « Je le sais, parce que les lycéens viennent visiter notre île. »

Ces gens venaient du port de Habu, dans l'île d'Oshima. Ils me racontèrent qu'ils voyageaient sans arrêt depuis leur départ de l'île, au printemps dernier. Maintenant, comme ils n'étaient pas équipés pour l'hiver et que le froid venait, ils prenaient le chemin du retour en traversant les stations thermales de la presqu'île d'Izu ; mais ils demeureraient une dizaine de jours dans le port de Shimoda.

Mon cœur se grisait de poésie, surtout à les entendre évoquer Oshima, tandis que je contemplais la belle coiffure de la danseuse.

Je lui posai diverses questions sur ce port.

« Beaucoup d'étudiants viennent se baigner à la mer, n'est-ce pas ? fit-elle, s'adressant ostensiblement aux jeunes filles.

— Oui, en été, répliquai-je en me retournant vers elle.

— Même en hiver, dit-elle, confuse.

— En hiver aussi ? »

Elle pouffait en regardant ses compagnes.

« Peut-on vraiment nager en hiver ? » insistai-je. Elle rougit et hocha légèrement la tête, l'air fort sérieux.

« Que tu es bête ! » se gaussa la femme de quarante ans.

Le sentier descendait pendant trois lieues jusqu'à Yugano, en suivant la vallée de la Kazugawa. Dès le passage du col, les couleurs de la montagne, la teinte du ciel auraient suffi à me faire sentir que nous abordions le Midi.

Le forain et moi, toujours bavardant, devenions

grands amis. Nous traversâmes ainsi de petits villages — Hagimori, Nashimoto —, et atteignîmes finalement un point d'où l'on pouvait voir, au pied de la montagne, les toits de chaume de Yugano. Je me hasardai à lui demander alors si je pourrais voyager de conserve avec eux jusqu'à Shimoda. Ce souhait parut le réjouir vivement.

Devant une pauvre auberge du village, la femme semblait prendre congé de moi lorsque le jeune homme annonça : « Monsieur désire voyager avec nous.

— Parfait, dit-elle sans façon. " Un compagnon sur la route, une amitié dans la vie. " Voilà ce qu'il faut, dit le proverbe. Même des gens de rien comme nous pourront vous adoucir l'ennui du voyage. Entrez donc avec nous pour vous reposer, monsieur. »

Les jeunes filles se tournèrent vers moi toutes les trois en me jetant des coups d'œil un peu timides, mais il me sembla néanmoins que ma demande leur paraissait fort naturelle.

Je montai jusqu'au premier étage avec eux pour déposer mon bagage. Les panneaux coulissants et, par terre, les tatamis, étaient vieux et sales. La danseuse, rougissante, nous monta du thé du rez-de-chaussée, mais sa main tremblait si fort que la tasse faillit tomber. Elle la posa sur le tatami pour éviter de la renverser, sans empêcher un peu de liquide de déborder. Je restai décontenancé par cette excessive timidité.

« Quelle horreur ! La voilà déjà troublée par l'autre sexe ! Ah, là, là ! » fit la femme de quarante ans, fronçant les sourcils d'un air à la fois surpris et contrarié, en lui jetant une serviette que la jeune fille, très confuse, ramassa pour éponger le tatami.

Cette réflexion saugrenue me fit faire un retour sur moi-même et le rêve auquel la vieille aubergiste du col avait donné des ailes retomba net. Je crus l'entendre se briser.

Soudain, la matrone s'adressa à moi.

« Le motif de votre kimono est vraiment chic. » Elle posa sur ma personne un long regard. « Cette étoffe a la même impression que celle du kimono de Tamiji. N'est-ce pas, c'est bien la même ? »

Après en avoir demandé confirmation plusieurs fois à la fille qui se tenait près d'elle, la femme ajouta :

« Je songe à mon fils que j'ai laissé dans mon pays. Il est encore à l'école. Même ce genre d'étoffe-là coûte cher maintenant. C'est ennuyeux.

— Dans quelle école va-t-il ?

— Il est en cinquième année.

— Ah ? Il est encore en cinquième année ?

— Il fréquente l'école de Kofu. J'habite Oshima depuis longtemps, mais je suis originaire de Kofu, dans la province de Kai. »

J'avais supposé que je coucherais dans la même auberge qu'eux, mais après une heure de repos, le jeune homme me conduisit vers un autre logis. Nous quittâmes le grand chemin pour descendre une centaine de mètres de sentier caillouteux et de marches de pierre. Un pont, près du bain public, tout proche d'une petite rivière, nous mena sur l'autre rive, dans le jardin de mon auberge.

Je me trouvais dans le grand bain quand le forain vint me rejoindre. Il me raconta qu'il avait vingt-quatre ans, que sa femme avait perdu deux enfants par des fausses couches ou des accouchements prématurés et d'autres confidences du même genre. Moi, j'avais présumé, d'après la marque imprimée sur le dos de sa cotte bleue, qu'il venait de Nagaoka. Son visage plutôt intellectuel ainsi que sa façon de s'exprimer m'avaient fait imaginer qu'il accompagnait ces femmes par curiosité, ou par amour pour l'une d'elles, dont il aurait porté les bagages.

Sitôt sorti de la salle de bain, je déjeunai. Nous étions partis de Yugashima ce matin-là vers huit heures et il allait être trois heures de l'après-midi. Le jeune homme me quitta pour retourner vers sa misérable auberge et, levant la tête vers moi, me salua du jardin.

« Achetez-vous des kakis avec cela ! Pardonnez-moi de vous le jeter d'en haut ! » dis-je en lui lançant quelques piécettes enveloppées dans un morceau de papier. Il s'éloignait en refusant mais, s'apercevant que l'argent restait par terre, il revint sur ses pas pour le ramasser. « Ce n'est vraiment pas la peine », fit-il en me le renvoyant. L'argent tomba sur le toit de chaume. Je le relançais une fois encore. Alors il le prit et s'en alla.

Vers le soir, une pluie violente se mit à tomber. Le paysage de montagne, blanchi par l'averse, perdait toute profondeur. La rivière qui coulait devant l'auberge, devenue trouble et jaune en un instant, grondait fort. A la pensée que ce déluge allait empêcher la danseuse et ses compagnons de venir, je ne tenais plus en place et je me baignai plusieurs fois pour tenter de retrouver mon calme. Ma chambre était sombre. Une lampe suspendue dans une ouverture carrée, ménagée au sommet de la paroi mobile qui me séparait de mon voisin, devait éclairer les deux pièces en même temps.

Un lointain tambourinage me parvint à travers le bruit de la pluie battante. J'écartai les volets coulissants avec tant de violence que j'aurais pu les briser ; je me penchai au-dehors. Il me sembla que le son se rapprochait. Le vent chargé de gouttes me frappait au visage. Yeux clos, oreille tendue, je m'efforçai de deviner le cheminement de ce rythme. Un moment après, je perçus la musique du shamisen. J'entendis de longs cris de femmes et des rires bruyants. Je compris que les artistes venaient d'être admis dans la salle d'une autre auberge, en face de la leur. Je distinguai deux ou trois voix de femmes et trois ou quatre voix d'hommes. Sans doute les forains viendraient-ils jusqu'à mon auberge après avoir fini leur numéro. J'attendis donc. Pourtant, j'eus bientôt l'impression que la gaieté des banqueteurs tendait à dégénérer ; ils allaient faire du vacarme. Des cris stridents, avinés, transpercèrent la nuit.

Je restai longtemps immobile, aux aguets, irrité, près des volets ouverts. Chaque fois que les battements du tambour parvenaient jusqu'à moi, la lueur vacillante de l'espoir se ranimait dans mon cœur.

« Ah, me disais-je, elle est toujours assise là-bas, elle attend en jouant du tambour, dans la salle de banquet... »

Quand l'instrument se tut, je fus on ne peut plus inquiet ; je m'abîmai jusqu'au tréfonds du bruit de la pluie.

Un moment après — jouait-on à chat, dansait-on, là-bas ? —, un bruit de piétinement désordonné retentit et se prolongea quelque temps. Puis ce fut le silence complet.

J'essayais de rendre mes yeux plus perçants, je tentais de comprendre ce que pouvait signifier ce calme, et tremblais dans mon angoisse qu'au cours de cette nuit qui passait la danseuse ne fût souillée.

Je refermai les volets et m'étendis, mais la douleur me suffoquait. Je pris encore un bain, en agitant l'eau violemment.

L'averse se calma. La lune parut. La nuit d'automne baignée de pluie s'étendait claire et lucide. Je me dis que je n'y pouvais plus rien, désormais, quand bien même je me précipiterais, pieds nus dans ma hâte, hors de la salle de bain.

Il était deux heures passées.

3

Le lendemain matin, dès neuf heures, le jeune forain vint me rendre visite. Comme je me levais à l'instant même, je lui proposai de partager mon bain. Ce jour-là, dans cette région déjà méridionale de la péninsule d'Izu, le ciel était d'une beauté radieuse et le temps printanier. La rivière qui coulait en contrebas de la salle de bain, grossie par la pluie, semblait charrier des rayons de soleil. Ma douleur de la nuit précédente ne me parut plus qu'un mauvais rêve.

Pourtant je dis au forain :

« On était bien gai jusqu'aux petites heures, hier soir !

— Bah ! Vous pouviez entendre ?

— Je pense bien que je pouvais entendre !

— Ce sont les gens du cru. Du tapage, voilà tout ce qu'ils savent faire. Ce n'est pas intéressant. »

Devant son air indifférent, je me gardai d'insister ; il s'exprimait vraiment comme si cela ne prêtait pas à conséquence.

« Elles sont au bain dans l'auberge d'en face. Les voilà qui viennent ! Peut-être nous ont-elles reconnus... »

Je suivis des yeux la direction vers laquelle il pointait son index : sur la rive opposée, dans le bain public de cette autre auberge, sept ou huit silhouettes flottaient vaguement dans la buée. Puis aussitôt je vis une femme nue sortir en courant de la salle de bain sombre. Elle s'arrêta tout au bout de la véranda du vestiaire dans une telle posture qu'elle risquait de basculer sur la berge, et cria quelques mots en étendant les bras aussi loin que possible. Elle n'avait même pas une serviette sur elle. C'était la danseuse.

A la vue de ce corps blanc, de ces jambes sveltes comme de jeunes paulownias, je sentis de l'eau fraîche couler dans mon cœur et, poussant un profond soupir, soulagé, je souris paisiblement.

Elle n'était encore qu'une enfant. Enfant au point que, tout à la joie de nous apercevoir, elle sortit nue dans le soleil et se haussa sur la pointe des pieds. Mon sourire s'attarda longtemps sur mes lèvres, une joie claire m'emplissait ; j'en eus la tête comme nettoyée.

C'était sa chevelure trop épaisse qui la faisait paraître âgée de dix-sept ou dix-huit ans, outre qu'elle s'habillait de façon à passer pour une jeune fille. J'avais commis une erreur de jugement stupide.

Je me trouvais dans ma chambre avec le forain quand la plus âgée de ses compagnes vint admirer un parterre de chrysanthèmes du jardin de l'auberge. La danseuse la suivit, elle arrivait au milieu du pont, mais la matrone sortit des bains et tourna la tête vers les jeunes personnes. La danseuse, haussant les épaules, s'en retourna bien vite en riant, avec l'air d'une petite fille qui s'attend à être semoncée. La femme s'approcha du pont et m'interpella :

« Veuillez donc nous rendre visite ! » et l'aînée des jeunes filles répéta : « Veuillez donc nous rendre visite. » Puis elles s'en retournèrent.

Le jeune forain, lui, s'attarda jusqu'à la nuit tombée. Le soir, alors que j'avais engagé une partie de go avec un colporteur qui vendait des papiers en gros, j'entendis soudain résonner le tambour dans le jardin de l'auberge.

« Voici les forains, dis-je en faisant le geste de me lever.

— Ouais, ouais, aucun intérêt ! Allez, allez, monsieur, c'est à vous de jouer. Je pose mon pion », rétorqua mon adversaire, empoigné par le jeu, en pianotant sur le damier.

Je me rongeais d'inquiétude. Il me sembla bientôt que les artistes s'en allaient et j'entendis dans le jardin la voix du jeune forain qui me criait : « Bonsoir ! »

Alors je sortis sur le balcon ; de la main, je leur fis signe d'entrer. Ils se dirigèrent vers la porte. Je perçus quelques chuchotements. Les trois jeunes filles, marchant derrière le jeune homme, me saluèrent à la façon des geishas, en posant les mains à plat sur le bord de la galerie couverte, devant la maison. Sur le tableau de go, ma situation devint soudain critique.

« Il n'y a plus rien à faire, j'abandonne la partie, déclarai-je.

— Pas du tout. Au contraire, je me trouve dans un bien plus mauvais cas que vous. De toute façon, je n'ai pas gagné beaucoup de terrain. »

Sans accorder un regard aux artistes, le marchand de papier posait ses pions avec une application toujours croissante, étudiant longtemps, et une à une, toutes les croix du tableau. Les jeunes filles rangèrent le tambour et le shamisen dans un coin de la pièce et commencèrent sur un échiquier une partie de go simplifié. Je finis par perdre ma partie, qui s'était pourtant à un certain moment bien présentée pour moi. Le marchand, tenace, me harcelait :

« Si nous en disputions une autre ? Une dernière, je vous prie », mais je me contentai de sourire sans répondre et, se résignant, il se leva.

Les jeunes filles s'approchèrent du damier.

« Ferez-vous encore une tournée ce soir ?

— Encore une, oui », fit le forain en regardant les jeunes filles, mais il enchaîna : « Nous pourrions nous arrêter pour une fois ? Qu'en pensez-vous ? Si nous lui demandions la permission de nous distraire un peu chez lui ?

— Quelle bonne idée ! Quelle bonne idée !

— N'allez-vous pas vous faire gronder ?

— Bah ! D'ailleurs, c'est bien en vain que nous cherchons des clients ! »

Ils restèrent jusqu'à minuit devant le damier. Après le départ de la danseuse, comme je me sentais l'esprit en mouvement et que je n'avais pas la moindre envie de dormir, je sortis sur la galerie pour appeler le marchand de papier :

« Monsieur ! Monsieur !

— Voilà ! »

Le vieux colporteur — il allait sur la soixantaine — jaillit de sa chambre.

« Nous allons veiller. Nous jouerons toute la nuit. Voulez-vous ? »

Moi aussi, j'étais d'humeur très combative.

4

Nous avions formé le projet de quitter Yugashima le lendemain matin à huit heures. M'étant couvert d'une casquette de sport achetée près du bain public, je fourrai ma coiffure de lycéen dans ma sacoche et me dirigeai vers la vilaine auberge où logeaient les forains, en bordure du grand chemin. Leur chambre s'ouvrait largement sur le balcon. J'entrai donc, n'ayant pas soupçonné qu'ils pourraient être encore couchés.

Je restai planté sur le seuil, bien embarrassé : la danseuse était étendue, rougissante, à mes pieds, dans un lit qu'elle partageait avec une autre jeune fille. Elle se cacha le visage dans les mains d'un geste brusque. L'épaisse couche de fard qu'elle portait la nuit précédente lui plâtrait encore le visage mais le rouge à lèvres et le trait vermillon du coin des yeux avaient un peu bavé. Son attitude, son émotion me troublèrent. Elle se retourna dans le lit comme si la lumière l'éblouissait, puis se glissa hors des couvertures et vint s'agenouiller dans le couloir.

« Tous mes remerciements pour votre accueil d'hier soir », me dit-elle avec un salut plein d'élégance, tandis que moi j'étais tout gauche.

Le forain partageait sa couche avec la plus âgée des personnes. Avant de les découvrir ainsi, je n'aurais jamais soupçonné qu'ils fussent mariés.

« Je vous prie de m'excuser, me dit la femme de quarante ans, à demi sortie du lit. Nous pensions nous mettre en route ce matin, mais on nous demande ce soir, alors nous repoussons notre départ jusqu'à demain. S'il vous faut absolument partir aujourd'hui, nous vous retrouverons à Shimoda. Nous comptons descendre à l'auberge Koshuya — vous n'aurez pas de peine à la trouver. »

J'éprouvais le sentiment d'être rejeté.

« Ne pourriez-vous attendre aussi ? Notre mère insiste pour que nous prolongions notre séjour de vingt-quatre heures, mais vous, vous voyageriez plus agréablement avec des compagnons de route. Partez donc seulement demain, avec nous, fit l'homme.

— Mais oui, c'est cela, reprit la femme. Je vous prie de vouloir nous excuser d'avoir eu ce caprice, alors que vous aviez accepté notre compagnie. Nous nous mettrons en route demain, quand bien même le ciel nous tomberait sur la tête. Après-demain, ce sera le quarante-neuvième jour anniversaire de la mort du bébé que nous avons perdu pendant le voyage. Nous avions résolu de tenter l'impossible pour célébrer cet anniversaire dans notre cœur à Shimoda ; nous pressions le pas pour y arriver avant cette date-là. Il est peu poli de vous y convier ainsi, mais puisqu'une étrange fatalité nous rapproche, puis-je vous demander de venir prier avec nous après-demain ? »

Je me décidai donc à repousser mon départ et je descendis.

En attendant le lever de mes amis, je bavardai un moment avec un homme de l'auberge, devant le comptoir malpropre. Bientôt le forain m'invitait à l'accompagner en promenade. Nous empruntâmes un peu le grand chemin qui descendait vers le sud, et découvrîmes un joli pont. Là, le jeune homme, s'accoudant à la balustrade, entreprit de me raconter sa vie.

Il avait fait partie pendant un certain temps de la troupe du Shimpa de Tokyo, celle qui représente la tendance moderne du théâtre classique. Il lui arrivait encore, disait-il, de jouer de temps à autre sur une scène du port d'Oshima...

Des ballots que transportaient les forains sortait un appendice en forme de jambe : un fourreau de sabre. C'était, m'expliqua-t-il, qu'il interprétait, dans les banquets, des passages de certaines pièces du théâtre classique. La malle d'osier contenait les costumes de la troupe ainsi que des objets de ménage : marmites, bols, etc.

« J'ai raté ma carrière, dit-il, et je suis tombé bien bas, mais mon frère aîné succède dignement à notre famille, à Kofu. Donc, on n'a plus besoin de moi.

— Je vous croyais originaire de Nagaoka.

— Ah, vraiment ? L'aînée, c'est ma femme. Elle a dix-neuf ans, un an de moins que vous. Pendant le voyage, elle a mis au monde un bébé né avant terme, qui est mort au bout d'une semaine. Elle-même n'est pas encore rétablie. La vieille est sa vraie mère, mais la danseuse est ma sœur.

— Ah, c'était d'elle que vous me parliez quand vous disiez avoir une sœur de quatorze ans ?

— C'est cela. Je n'avais pas du tout l'intention de l'entraîner dans une existence pareille, mais il y a des raisons... »

Il me dit qu'il se prénommait Eikichi, sa femme Chiyoko, sa sœur Kaoru. L'autre jeune fille, âgée de dix-sept ans et répondant au prénom de Yuriko, venait d'Oshima. C'était une employée de la petite troupe. Eikichi, devenant très sentimental, fixait ses regards sur le peu profond ruisseau ; son visage le montrait bien près des larmes.

Au retour, je trouvai la danseuse débarbouillée, accroupie sur le bord du chemin, qui caressait la tête du petit chien. Quand l'envie me prit de retourner à mon auberge, je lui demandai :

« Voulez-vous venir chez moi ?

— Oui, mais pas seule...

— Avec votre frère, alors.

— Attendez-nous un instant. »

Un peu plus tard, le jeune homme arrivait chez moi.

« Et les autres ?

— Elles... C'est que notre mère est sévère ! »

Mais tandis que nous étions en train de jouer au go simple, les jeunes filles passèrent le pont et grimpèrent d'un pas allègre au premier étage. Elles s'agenouillèrent dans le couloir pour me saluer avec leur politesse habituelle, mais elles hésitaient visiblement à entrer. Chiyoko se releva la première et je déclarai :

« Voilà, c'est ma chambre. Entrez donc sans cérémonie. »

Après avoir joué pendant une heure, les artistes se dirigèrent vers la salle de bain de l'auberge en m'invitant à les y rejoindre, mais la présence des trois jeunes femmes me fit écarter cette proposition. Je déclarai cependant que j'irais plus tard. Bientôt, la danseuse remontait seule chez moi pour me transmettre un message de sa belle-sœur : « Elle dit que vous veniez. Elle vous frottera le dos. »

Au lieu d'aller me baigner, j'entamai une partie de go simple avec elle et l'y trouvai beaucoup plus forte que je ne l'aurais supposé.

Quand nous avions organisé un tournoi, elle avait battu facilement son frère et ses compagnes ; moi qui l'emportais à ce jeu sur la plupart de mes adversaires, je ne pus gagner qu'au prix d'un réel effort. C'était agréable d'avoir à jouer serré.

Au début, parce que nous étions seuls, elle tendait la main de loin pour poser les pions, mais petit à petit, absorbée par la partie, elle se penchait sur le damier. Sa chevelure noire, d'une exceptionnelle beauté, venait me toucher la poitrine.

Soudain, rougissant, elle s'exclama :

« Je vous demande pardon, il faut que je vous quitte,

je vais me faire gronder. » Sur ces mots, elle disparut brusquement, plantant là ses pions.

La mère se tenait devant le bain public. Chiyoko et Yuriko, sorties en toute hâte, s'enfuirent vers leur auberge sans remonter au premier étage. Eikichi passa encore la journée chez moi, du matin jusqu'à la nuit tombée.

La patronne de l'auberge, femme simple et naïve, me déconseilla de l'inviter. « On ne sert pas les gens de cette espèce », me disait-elle.

Ce soir-là, c'est moi qui leur rendis visite. La danseuse était en train de prendre une leçon de shamisen avec la matrone. Quand elle me vit elle s'arrêta mais, pressée par son professeur, elle reprit son instrument. Elle chantait aussi, très doucement ; pourtant, chaque fois qu'elle élevait un peu la voix, la femme lui répétait : « Ne force pas, te dis-je ! »

De l'endroit où je me trouvais, je pouvais observer Eikichi qui rugissait on ne sait trop quoi dans une salle, au premier étage d'un restaurant situé plus loin.

« Mais qu'est-ce donc ?
— De la musique de nô.
— La curieuse musique de nô que voilà !
— C'est un homme universel. Il nous réserve bien des surprises ! »

Un voyageur d'une quarantaine d'années, volailler de son état à ce qu'on disait, et qui louait une chambre dans cette misérable auberge, fit glisser la cloison coulissante pour appeler les jeunes filles en leur proposant un bon repas.

La danseuse pénétra dans la chambre voisine en compagnie de Yuriko, chacune tenant sa paire de baguettes à la main. Elles achevèrent les reliefs de poulet du marchand. En rentrant dans sa chambre avec elles, l'homme avait tapé sur l'épaule de Kaoru, mais la matrone, avec une expression féroce, s'était écriée :

« Holà ! Ne touchez pas à cette petite ! Elle est encore jeune fille ! »

La danseuse insista beaucoup auprès du volailler pour qu'il lui lise un passage d'un livre intitulé *Aventures d'un Seigneur errant,* mais il ne devait pas tarder à s'en aller. N'osant me demander de poursuivre cette lecture, la jeune fille dit à plusieurs reprises quelques mots à la matrone pour exprimer ce souhait d'une façon détournée. Je pris donc le volume de contes, non sans nourrir d'ailleurs une arrière-pensée. Répondant à mon espoir, la danseuse se glissa plus près de moi. Quand je commençai ma lecture, elle approcha son visage sérieux si près, si près, qu'il touchait presque mon épaule, en fixant mon front avec de grands yeux brillants, sans battre jamais des paupières. Je supposais que c'était son expression habituelle quand on lui faisait la lecture : je l'avais observée tandis que le marchand de volailles lisait. Elle avait approché son visage tout contre lui, ses grands yeux noirs jolis et brillants ; c'était ce qu'elle avait de mieux. Le galbe de ses longues paupières bien modelées me parut d'une indicible beauté. Je trouvais à son sourire la grâce d'une fleur qui s'épanouit. Une fleur, oui vraiment, voilà ce qu'elle évoquait.

Un moment après, une servante de l'auberge vint la quérir. Après s'être préparée, la jeune fille me dit :

« Je reviens bientôt. Ayez la gentillesse de m'attendre ; vous me ferez encore un peu la lecture. »

Sur ces mots elle sortit du couloir et posa les mains sur la galerie en guise de salutation.

« A tout à l'heure !

— Surtout ne chante pas », lui recommanda la matrone. La danseuse, chargée de son instrument, acquiesça d'un léger signe de tête. La femme se tourna vers moi :

« Sa voix se fait en ce moment. »

La danseuse, agenouillée bien comme il faut, battait du tambour au premier étage du restaurant.

Elle me tournait le dos. Je la voyais avec une telle netteté que j'aurais pu la croire dans la pièce voisine. Au rythme du tambour, mon cœur se mit à battre joyeusement.

« Avec le tambour, la salle s'égaie », fit la matrone qui regardait du même côté que moi.

Chiyoko et Yuriko se trouvaient aussi dans cette salle de restaurant. Au bout d'une heure environ, les quatre artistes rentrèrent ensemble.

« C'est tout », dit la danseuse, laissant tomber quelques pièces de cinquante sens de son poing sur la paume ouverte de sa mère.

Je repris la lecture des *Aventures du Seigneur errant*, mais bientôt les forains se remirent à parler du petit enfant qu'ils avaient perdu au cours de ce voyage. Ils répétaient que c'était un bébé transparent comme de l'eau, qui n'avait même pas la force de crier ; pourtant il avait respiré pendant huit jours.

La bienveillance que je témoignais habituellement à mes compagnons — une bienveillance dépourvue de curiosité ou de mépris, comme si j'oubliais à quelle caste ils appartenaient — semblait les avoir touchés. Il fut, à mon insu, décidé que j'irais loger chez eux quand nous serions à Oshima.

« Le monsieur serait bien chez le grand-père. Sa maison est la plus grande ; elle serait tranquille si nous en faisions sortir le vieux. Il pourrait y demeurer le temps qu'il voudrait pour travailler, disaient-ils entre eux.

— Nous possédons deux petites maisons dont l'une, située du côté de la montagne, est presque vide », m'expliqua la femme.

En janvier ils devaient jouer une pièce de théâtre ; je prêterais la main.

Je me rendis compte alors qu'ils se formaient encore une vision plutôt optimiste et plaisante de leur existence voyageuse, que l'arôme du terroir les émouvait toujours, et qu'ils étaient loin de se trouver aussi malheureux que je l'avais d'abord imaginé. Je compris aussi que les liens affectifs qui les unissaient étaient d'autant plus forts que ces gens appartenaient à la même famille. Yuriko seule, leur employée, restait taciturne devant moi. Elle avait, il est vrai, l'âge où les filles deviennent timides.

Je quittai leur auberge à minuit passé. Les jeunes filles me reconduisirent jusqu'à l'entrée. La danseuse disposa mes getas devant moi puis passa la tête par la porte pour regarder le ciel clair.

« Ah ! La lune ! Demain, nous serons à Shimoda. J'en suis heureuse. Quand la cérémonie du quarante-neuvième jour sera finie, je me ferai acheter un peigne par ma mère. Et puis il y a encore bien d'autres choses intéressantes. Vous voudrez bien m'emmener voir le cinématographe ? »

Ce port de Shimoda dégage une atmosphère très particulière, et les forains quand ils partaient en tournée vers les stations thermales d'Izu ou de Sagami en conservaient, tout au long du voyage, la nostalgie, comme d'une petite patrie.

5

Chacun reprit le bagage qu'il portait au passage du col. Le petit chien, que la matrone serrait contre elle, semblait rodé aux voyages ; il posait les pattes de devant sur l'avant-bras de sa maîtresse. Après avoir franchi la limite du canton de Yugashima, nous nous engageâmes de nouveau dans une région montagneuse. Nous tournâmes nos regards vers le soleil du matin : il se levait sur la mer et réchauffait les coteaux. En aval de la rivière Kazugawa s'ouvrait, lumineuse, la côte de Kazu.

« C'est là-bas, Oshima ?

— Puisqu'elle paraît déjà si grande, c'est tout près ! fit la danseuse. Vous pourriez nous faire le plaisir de venir chez nous ? Je vous en prie ! »

Etait-ce parce qu'il faisait trop beau ? La mer d'automne, si proche du soleil et couverte d'un brouillard léger, me parut printanière. L'endroit où nous étions parvenus devait être à une vingtaine de kilomètres de Shimoda. Pendant quelque temps, la mer se découvrit et se cacha tour à tour à nos yeux. Soudain, Chiyoko se mit à chanter d'une voix insouciante.

Mes compagnons me demandèrent, pendant le trajet, si je préférais emprunter, pour traverser la montagne, un raidillon qui nous ferait gagner deux kilomètres ou le grand chemin, plus facile. J'optai bien entendu pour le raccourci.

C'était un sentier abrupt passant sous l'ombrage d'un bois et recouvert d'un tapis de feuilles mortes glissantes. Je forçai l'allure, appuyant rageusement les mains sur les genoux pour me redresser les jambes, d'autant plus que le souffle commençait à me manquer.

En quelques instants, j'avais laissé mes compagnons loin derrière moi. Je pouvais entendre leurs voix qui me parvenaient à travers les arbres, mais seule la danseuse m'avait accompagné. Troussant bien haut son kimono, elle marchait à vive allure, me suivant à deux mètres de distance, sans allonger ni rétrécir cet intervalle. Lorsque je me retournai pour lui dire quelques mots, elle fit halte, surprise, et me sourit. Je m'arrêtai, dans l'espoir qu'elle me rattraperait, mais elle fit halte aussi, quand elle me répondit, ne commençant d'avancer qu'au moment où je me fus remis en marche.

Nous empruntâmes bientôt une sente plus étroite, plus tortueuse encore, et je pressai davantage le pas, mais elle, avec application, me suivait toujours à deux mètres. La paix régnait sur la montagne. Nous avions pris tant d'avance sur les autres que nous ne les entendions même plus.

« Dans quel quartier de Tokyo se trouve votre maison ?

— Je suis interne au lycée.

— Moi aussi, je connais Tokyo ; j'y suis allée danser à la saison des cerisiers en fleur, mais j'étais encore petite et je ne me rappelle rien. »

Elle continuait à me questionner, à sa manière un peu décousue.

« Avez-vous toujours votre père ? » et : « Connaissez-vous déjà Kofu ? » Elle me parlait aussi du film qu'elle aimerait voir à Shimoda, puis du bébé qui était mort.

Sortant du bois, nous nous trouvâmes au sommet de la montagne.

La danseuse posa son tambour sur un banc qui se trouvait là, dans l'herbe sèche, et sortit un mouchoir pour s'éponger. Elle s'apprêtait à s'épousseter les pieds quand brusquement, d'un geste vif, elle s'accroupit devant moi pour nettoyer le bord interne de mon large pantalon. Je sursautai, reculai ; la jeune fille tomba légèrement sur les genoux.

Sans se relever, elle tourna tout autour de moi, m'essuya, puis rajusta les pans de son kimono. En me voyant prendre une inspiration profonde, elle me dit : « Asseyez-vous ! »

Une volée d'oiseaux vint s'abattre près du banc, et telle était la quiétude, sur cette montagne, qu'on entendait crisser les feuilles mortes sur lesquelles ils se posaient.

« Pourquoi marcher si vite ? »

Je pianotai sur le tambour qui vibra. Les oiseaux prirent leur vol.

« Ah, je boirais volontiers un peu d'eau !

— Je vais vous en chercher. »

Mais au bout d'un moment elle ressortit les mains vides du bosquet jauni.

« Que faites-vous, lui demandai-je, quand vous séjournez à Oshima ? »

Elle entama une histoire confuse, en énumérant deux ou trois noms de filles. Je ne comprenais pas bien où elle voulait en venir ; j'avais l'impression qu'il s'agissait de Kofu plutôt que d'Oshima. Elle égrenait ses souvenirs comme ils lui revenaient, et parlait probablement de ses petites camarades de l'école primaire où elle avait passé deux ans.

Une dizaine de minutes s'écoulèrent avant que les trois jeunes gens parviennent au sommet, suivis, dix minutes encore plus tard, par la matrone.

Lors de la descente, je restai délibérément en arrière avec Eikichi ; nous avions parcouru deux cents mètres en bavardant quand la danseuse remonta vers nous en courant.

« Il y a une source plus bas ! Elles disent que vous veniez tout de suite, parce qu'elles vous attendent pour boire. »

A ces mots, je me mis à courir. L'eau vive jaillissait parmi les roches, sous les ombrages. Les femmes se dressaient autour de la source.

« Buvez avant nous, monsieur. Je crains que l'eau ne se trouble quand nous y aurons mis les mains. Et puis, une fois que les femmes y auront bu, la source en sera souillée. »

Je me désaltérai, me servant de mes mains dont j'avais formé une coupe. Les femmes s'attardèrent longuement en cet endroit, s'épongeant à loisir avec une serviette humide qu'elles tordaient.

Pour redescendre, nous empruntâmes la route de Shimoda. Nous vîmes s'élever des colonnes de fumée des charbonnières, et nous nous reposâmes sur des tas de bois de charpente entreposés au bord du chemin.

Au beau milieu du sentier, la danseuse s'était accroupie près du petit chien dont elle débroussaillait les poils avec un peigne rose.

La matrone la réprimanda :

« Tu vas casser les dents.

— Tant pis, j'en achèterai un neuf à Shimoda. »

Comme, depuis mon passage à Yugano, je souhaitais conserver cet objet, qui fixait le chignon de la danseuse sur le sommet de sa tête, je ne trouvais pas indiqué de l'utiliser pour le chien.

Je partis en avant avec Eikichi, en déclarant que ces bambous dont nous apercevions des faisceaux nous seraient bien utiles comme bâtons. La danseuse me poursuivit en courant : elle en portait un, plus haut qu'elle.

« Que veux-tu faire de cela ? » lui demanda le jeune homme.

Un peu hésitante, elle me le tendit.

« Je vous le donne pour vous servir de canne ; je l'ai tiré d'un faisceau, c'est le plus gros de tous.

— Il ne faut pas ! Si gros, on verra tout de suite que nous l'avons volé. Cela pourrait être gênant pour Monsieur. Va le remettre où tu l'as pris. »

La danseuse retourna sur ses pas jusqu'à l'endroit où elle avait été chercher le bambou puis revint vers nous, toujours courant. Elle m'offrait cette fois un bâton gros comme le doigt. Alors elle se laissa tomber contre le talus d'une rizière, s'adossant d'un mouvement si violent qu'elle se heurta les reins et, tout essoufflée, attendit les autres femmes.

Eikichi et moi, nous marchions en gardant une avance de dix ou douze mètres.

« Ce serait facile, s'il se faisait arracher les dents pour s'en faire poser d'autres, en or. »

Je me retournai. La danseuse marchait à côté de Chiyoko. La matrone et Yuriko les suivaient à quelques pas. J'eus l'impression qu'il était question de moi.

Chiyoko devait parler de ma vilaine denture ; la danseuse proposait de me faire poser des dents en or.

Il me sembla qu'elles détaillaient ensuite mon visage, mais je n'avais même pas envie de tendre l'oreille tant j'éprouvais le sentiment que nous étions amis et que ces propos ne prêtaient pas à conséquence. La voix la plus grave continua quelque temps, puis j'entendis la danseuse.

« Il est sympathique, n'est-ce pas ?

— Sympathique, ah oui !

— Il est vraiment sympathique. C'est agréable, les hommes sympathiques ! »

Ce langage avait à mes oreilles une résonance toute simple : c'était l'expression candide et spontanée de leur penchant.

Moi-même, ingénument, je me trouvais sympathique et je contemplais la montagne lumineuse d'un cœur serein. L'intérieur des paupières me piquait un peu.

C'était à la suite de sévères réflexions sur moi-même que j'avais entrepris ce voyage dans la presqu'île d'Izu. Je ne pouvais plus supporter la mélancolie qui m'avait étreint lorsque j'avais observé combien mon caractère se trouvait aigri par ma situation d'orphelin. Le fait de paraître sympathique — dans le sens le plus courant du mot — à mes compagnons de route m'était inexprimablement précieux.

Nous approchions de la mer de Shimoda. Voilà pourquoi les montagnes étaient si claires. Décrivant des moulinets avec ma canne de bambou, je décapitais les graminées d'automne.

En chemin nous rencontrâmes, de place en place, à la limite des agglomérations, des écriteaux qui portaient cette inscription : *L'entrée du village est interdite aux mendiants et aux forains.*

6

Nous trouvâmes, tout près de la limite de la ville, à l'entrée nord, une affreuse auberge, dite hôtel de Kofu. J'y suivis les artistes jusqu'au premier étage, dans un galetas situé directement sous les combles. Lorsqu'on s'asseyait à la fenêtre qui ouvrait sur le grand chemin, la tête touchait le toit.

« Tu n'as pas mal aux épaules ? demanda plusieurs fois la matrone à la danseuse. Tu n'as pas mal aux mains ? Tu n'as vraiment pas mal aux mains ? »

La danseuse, avec de jolis gestes, mima le jeu du tambour.

« Je n'ai pas mal, je peux jouer, je peux jouer !

— J'en suis contente. »

Je soulevai l'instrument. « Oh, que c'est lourd !

— Oui, plus lourd que vous ne pensiez ! Plus lourd que votre sacoche ! » fit la jeune fille en souriant.

Les forains échangeaient gaiement des saluts avec les autres pensionnaires de la taverne, tous gens de la même catégorie : des artistes, des bateleurs. J'eus l'impression que le port de Shimoda devait offrir un asile spécial à ces oiseaux migrateurs.

La danseuse donnait des piécettes de cuivre à un petit enfant de l'auberge qui avait trottiné jusqu'à leur chambre. Moi, je voulais quitter cette maison quand la danseuse, me précédant à la porte, disposa mes getas devant moi.

« Emmenez-moi voir le cinématographe », murmura-t-elle de nouveau, très bas, comme si elle parlait à soi-même.

Son frère et moi, nous nous fîmes conduire à une hôtellerie dont le patron passait pour avoir été jadis maire de la ville. Une sorte de voyou nous accompagna pendant une partie du chemin. Après le bain, je pris en compagnie d'Eikichi mon petit déjeuner — un repas de poisson fraîchement pêché.

« Voulez-vous acheter des fleurs pour en faire l'offrande à la cérémonie, demain ? » dis-je à mon nouvel ami, qui s'apprêtait à s'en retourner, en lui mettant dans la main quelques pièces enveloppées dans un morceau de papier.

Quant à moi, je devais reprendre le bateau pour Tokyo dès le lendemain matin : j'avais épuisé mon pécule de voyage. Je prétextai quelque circonstance scolaire et les artistes, malgré leur insistance, ne purent me retenir.

Ayant dîné, moins de trois heures après le petit déjeuner je quittai seul la ville en me dirigeant vers le nord. Je franchis un pont, puis j'entrepris l'escalade du mont Shimoda-Fuji, du sommet duquel je dominais tout le port. Après cette excursion, je repassai à l'auberge de Kofu, pour y trouver les forains attablés autour d'un ragoût de poulet.

« N'en prendrez-vous pas une bouchée ? Le plat est souillé par les baguettes des femmes, bien sûr, mais cela vous fournirait une anecdote », dit la matrone, qui fit laver par Yuriko des baguettes qu'elle avait tirées de la malle d'osier.

Ils me prièrent, une fois encore, de remettre mon départ d'une demi-journée au moins, à cause de cet anniversaire qui tombait le lendemain, mais, alléguant mes obligations scolaires, je me gardai de céder.

« Alors, aux vacances d'hiver, nous irons vous chercher, tous ensemble, au bateau, répéta plusieurs fois la mère. Faites-nous savoir la date de votre arrivée. Nous vous attendrons. Ne descendez surtout pas dans une auberge. Nous irons vous chercher au bateau. »

Chiyoko et Yuriko se trouvant seules dans ma chambre un moment, j'en profitai pour leur proposer de m'accompagner au cinéma. « Je me sens mal, je suis faible d'avoir trop marché », fit Chiyoko en se pressant

la main sur le ventre. Elle était pâle, en effet, et paraissait accablée de fatigue. Yuriko, confuse, baissait la
tête.

La danseuse jouait au rez-de-chaussée avec l'enfant
de l'auberge. Dès qu'elle m'aperçut, elle se suspendit au
bras de la matrone, la harcelant pour obtenir l'autori-
sation de venir au cinéma, mais quand elle revint vers
nous, l'air triste, elle disposa mes getas devant moi.

« Quoi ? Pourquoi ne pourrais-tu te faire inviter seule
au cinématographe ? » intervint Eikichi, mais la femme
n'y voulut consentir. Où était le mal ? Cette sévérité me
parut extravagante.

Dans le vestibule, au moment de sortir, je vis la
jeune fille qui caressait la tête du chien. Elle montrait
un visage tellement froid, tellement indifférent que je
n'osai même pas lui adresser la parole. Elle semblait
avoir perdu jusqu'à la force de relever la tête pour me
regarder.

Je me rendis donc seul à la salle de spectacle. Une
commentatrice lisait à la lueur d'une petite lampe l'histoire qu'illustraient les images. Je sortis très vite pour
revenir à l'auberge.

Je m'accoudai à ma fenêtre pour contempler longuement la ville sombre dans la nuit. Je crus entendre un
bruit léger et continu dans le lointain. Alors, sans raison, je me mis à pleurer.

7

Le matin de mon départ, à sept heures, tandis que je
prenais mon petit déjeuner, Eikichi m'interpella du
chemin. Il portait un haori noir, imprimé dans le dos
d'un emblème de famille — vêtement de cérémonie
qu'il avait dû, supposai-je, revêtir pour assister à mon

départ. Je m'aperçus qu'aucune des femmes de sa famille ne l'accompagnait et soudain le sentiment de ma solitude m'étreignit. Le jeune homme monta jusqu'à ma chambre.

« Elles voulaient, elles aussi, vous conduire au port, me dit-il, mais elles n'arrivent pas à s'éveiller parce qu'elles se sont couchées très tard hier soir. Je vous prie de les excuser. Elles disent qu'elles comptent absolument sur votre visite l'hiver prochain. »

C'était bien le vent froid d'un matin d'automne qui soufflait à travers la ville. En chemin, le jeune forain m'acheta quatre paquets de cigarettes de luxe, quelques kakis et des pastilles rafraîchissantes de la marque *Kaôru*. « C'est à cause de ma sœur qui s'appelle Kaoru, me dit-il avec un léger sourire. Je ne vous conseille pas les oranges pour le bateau, mais vous pouvez manger des kakis. C'est même efficace contre le mal de mer.

— Voulez-vous accepter ceci ? » demandai-je en retirant ma casquette que je lui posai sur la tête. Puis je sortis de mon sac ma coiffure de lycéen ; nous nous mîmes à rire tous deux tandis que je m'évertuais à en effacer les faux plis.

Nous approchions de l'embarcadère quand je reconnus, sur la plage, la danseuse accroupie ; cette silhouette m'émut profondément. Elle ne fit pas un geste avant que je sois arrivé près d'elle ; alors elle baissa la tête en gardant le silence. Elle avait conservé son fard de la nuit précédente, et cela me rendit encore plus sentimental. Le trait rouge du coin des yeux prêtait une fermeté puérile au visage dont l'expression me parut courroucée.

« Les autres viennent-elles aussi ? » demanda son frère.

Elle secoua la tête en signe de dénégation.

« Sont-elles toujours au lit ? »

Elle acquiesça du menton.

Tandis qu'Eikichi prenait mon billet de bateau et un ticket pour la vedette, je parlai de choses et d'autres à la jeune fille mais celle-ci gardait un silence obstiné, baissant les yeux sur l'embouchure du canal qui se déversait dans la mer. Tout au plus hocha-t-elle la tête quelques fois avant que j'aie fini de parler.

« Hé ! la vieille, dit alors un individu qui avait l'allure d'un terrassier, voilà l'homme qu'il nous faut. Monsieur l'étudiant, vous allez bien à Tokyo, n'est-ce pas ? me demanda-t-il dans le dialecte de la région. Auriez-vous la bonté de conduire cette vieille femme à Tokyo ? C'est un grand service que je vous demande là, mais je compte sur vous. Elle est bien malheureuse. Son fils qui travaillait dans la mine d'argent de Rendai-ji et sa femme viennent de passer d'une mauvaise grippe ; c'est une épidémie que nous avons eue. Ils ont laissé trois enfants ; on ne sait qu'en faire. Alors nous nous sommes consultés. Nous avons décidé de les envoyer dans le pays de la vieille. Son pays, c'est Mito. Comme elle ne sait rien, il faudrait que vous la mettiez dans le train d'Ueno, quand vous arriverez à Ryogan-jima. Cela va vous causer du dérangement, mais nous vous en prions les mains jointes. Regardez- les ! Est-ce qu'ils ne font pas pitié ? »

Sur le dos de la femme qui restait immobile, l'air ahuri, était ficelé un nourrisson. Deux jeunes enfants, l'une plus petite, l'autre un peu plus grande, âgées de trois et cinq ans, la tenaient par la main, à droite et à gauche. Je voyais dans son ballot crasseux et mal noué des boulettes de riz et des pruneaux salés. Cinq ou six mineurs s'efforçaient de la consoler. J'acceptai de grand cœur de m'en charger.

« Alors nous pouvons compter sur vous ? Ah merci ! Nous aurions dû les accompagner nous-mêmes jusqu'à Mito, mais cela ne nous est pas possible », vinrent me dire à tour de rôle les mineurs.

La vedette tanguait très fort. La danseuse, les lèvres

36

farouchement serrées, l'air résolu, fixait les yeux ailleurs.

Je me retournai pour saisir l'échelle de corde. La jeune fille voulut me dire au revoir, mais elle n'y parvint pas, et se contenta d'incliner la tête une dernière fois. La vedette repartit vers le bateau.

Eikichi ne cessait d'agiter la casquette que je venais de lui offrir. Quand je fus au large, la danseuse se mit, elle aussi, à me faire des signes avec quelque chose de blanc.

Je m'accoudai sur la balustrade du vapeur et là, m'efforçai de ne pas détacher mes regards de Shimoda jusqu'au moment où, le bateau quittant la baie, l'extrémité méridionale de la presqu'île d'Izu me fut cachée. J'eus l'impression d'être séparé de la danseuse depuis longtemps.

J'allai jeter un coup d'œil vers la cabine de la vieille ; j'y trouvai beaucoup de gens qui formaient un cercle autour d'elle en lui prodiguant toutes sortes de consolations. Rassuré, j'entrai dans la cabine voisine. La mer de Sagami était houleuse. Je m'assis et il m'arriva de me trouver projeté par terre d'un côté ou de l'autre. Un matelot, allant de long en large, distribuait aux passagers de petites cuvettes en métal.

Je m'allongeai, me servant de ma sacoche pour poser la tête. L'esprit vide, j'avais perdu la notion du temps. Mes larmes se mirent à couler, tellement abondantes que je dus, ayant les joues froides, retourner mon oreiller improvisé.

Allongé tout près de moi se trouvait un autre garçon, le fils d'un directeur d'usine de Kazu, qui semblait éprouver de la sympathie pour moi, peut-être à cause de ma casquette de lycéen : il se rendait à Tokyo pour préparer l'examen d'entrée de l'établissement que moi-même je fréquentais.

Nous avions déjà bavardé un peu ; il m'interrogea :

« Vous serait-il arrivé malheur ?

— Non », lui répondis-je en toute franchise, je viens de quitter quelqu'un. » Il me regardait pleurer, mais pourtant je n'en éprouvais aucune gêne. Je ne pensais à rien. Il me semblait simplement que je m'endormais dans la fraîcheur d'un contentement serein.

Je ne vis pas tomber la nuit sur la mer. Pourtant des lumières brillaient sur Atami et sur Ajiro. J'étais transi, j'avais faim. Mon compagnon de voyage entama pour moi ses provisions — des boulettes de riz aux algues — emballées dans une écorce de pousses de bambou. Je dévorai son norimaki comme s'il ne s'agissait pas des provisions d'un autre. Puis je me couvris de son manteau. Je me trouvais dans un état d'esprit si limpide, si beau qu'il me devenait loisible d'accepter avec naturel n'importe quelle gentillesse.

Il me paraissait aussi tout naturel de conduire la vieille à la gare d'Ueno, le lendemain matin de bonne heure, et de lui prendre son billet pour Mito. Pour moi tout se fondait en harmonie.

La lampe de la cabine s'éteignit. Une odeur de poisson frais, de marée, montait vers le bateau et devenait plus intense. Il faisait complètement noir. Je me réchauffais à la tiédeur du corps de mon compagnon et je laissais couler mes pleurs. Ma tête se résolvait en eau claire, qui s'écoulait sans rien laisser en moi ; et j'en éprouvais une douceur paisible.

ÉLÉGIE

Qu'elle est navrante cette coutume des vivants d'invoquer les morts ! mais comme elle est navrante surtout, cette croyance que l'être survit en conservant, dans un monde à venir, la forme qui fut déjà sienne dans un monde antérieur !

Le sentiment de l'analogie du destin des plantes et de celui des hommes, voilà le thème éternel de toute élégie, disait un philosophe dont le nom m'échappe ; j'ai retenu cette phrase-là par cœur mais oublié le contexte. Le destin des plantes, n'est-ce que de fleurir et de se faner ? Doit-on lui chercher un sens plus profond ? Je ne saurais le dire.

Il m'est apparu depuis peu que les textes sacrés du bouddhisme sont des chants élégiaques, et j'y puise un réconfort indicible. Aussi, lorsque je vous invoque, vous qui êtes mort, j'aime infiniment mieux m'adresser à ce prunier vermeil, déjà chargé de boutons et placé devant moi dans le tokonoma, que de vous prêter, dans l'autre monde, l'aspect que vous empruntiez dans celui-ci[1]. Pourquoi, d'ailleurs, cet arbuste tout proche,

1. La narratrice pense que, selon la loi de la métempsycose, l'âme de celui qu'elle aimait revit peut-être dans une fleur. *(N.d.T.)*

au nom familier, plutôt qu'une fleur ignorée d'un pays inconnu ? Elle serait pour moi votre réincarnation ; je lui parlerais tout aussi bien, tant je vous aime encore.

Ce disant, l'envie me prend d'évoquer un pays très lointain, mais je ne vois rien, je ne sens que l'odeur de la pièce où je me trouve en ce moment.

Une odeur morte, me suis-je dit, mais cela me fait rire.

Je fus cette jeune fille qui ne s'était jamais parfumée.

Vous en souvient-il ?

Une nuit, dans la salle de bain, voici quatre ans, une senteur violente m'assaillit. Sans pouvoir la définir, je jugeai incongru de respirer un parfum si puissant alors que j'étais nue. J'eus alors un éblouissement ; je perdis connaissance. A ce moment précis, vous, dans un hôtel, aspergiez de parfum la couche blanche de votre nuit de noces. Vous veniez de vous marier, sans m'en avoir fait part, après m'avoir abandonnée. J'avais beau, sur le moment, tout ignorer de ce mariage, je me rendis compte plus tard, à la réflexion, que cela se produisit à ce moment précis.

Auriez-vous par hasard imploré mon pardon, pendant cette aspersion ?

Vous seriez-vous dit soudain que j'aurais pu être la mariée ?

Les parfums qui viennent d'Occident évoquent fortement le monde.

Ce soir, cinq ou six amies d'autrefois sont venues chez nous jouer au loto des poèmes. C'est légèrement hors de saison, car si nous sommes encore en janvier, les trois premiers jours de l'année sont déjà loin. Toutes ces femmes ont un mari, des enfants. Mon père, pour éviter que nos haleines n'alourdissent l'atmosphère, brûla de l'encens chinois. Cela rafraîchit la salle, mais la soirée n'en fut pas plus animée, car chacune de nous paraissait perdue dans des réminiscences égoïstes.

Certes, il est beau de ne pas oublier ; pourtant, si

quarante ou cinquante femmes s'assemblaient pour un concours de souvenirs, et si la salle de réunion portait une serre sur son toit, les miasmes qui s'élèveraient de cette réunion flétriraient sûrement les fleurs. Non pas que ces femmes aient commis de mauvaises actions, mais parce que le passé se révèle bien plus crûment bestial que l'avenir tel qu'on l'imagine.

Ces idées bizarres me rappellent ma mère.

Ce fut au cours d'une séance de loto que l'on me traita pour la première fois d'enfant prodige.

J'avais alors quatre ou cinq ans. Je ne connaissais pas encore les signes de l'écriture. Dans le feu de la partie, ma mère, je ne sais pourquoi, me regarda.

« Tu comprends donc ? Tatsue, ma petite, tu nous observes toujours si sagement ! » Puis, en me caressant la tête : « Veux-tu prendre une carte ? » J'étais une enfant innocente. Les femmes retirèrent leurs mains tendues et n'eurent plus d'yeux que pour moi.

« Celle-ci, maman ? » fis-je ingénument, tout à fait ingénument.

Je l'interrogeai du regard en posant le doigt sur la carte, d'une main plus petite encore que la carte.

« Tiens ! » Ma mère fut la première étonnée, mais quand les joueuses s'exclamèrent d'une seule voix, elle dit que c'était le hasard, puisque cette enfant n'avait pas appris à lire. Le fait était pourtant assez surprenant, et les invitées, peut-être pour faire plaisir à ma mère, abandonnèrent la partie.

« Etes-vous prête, ma petite ? » demanda la lectrice qui lut lentement le poème, trois ou quatre fois de suite, pour moi seule. De nouveau, je tombai juste. Il en fut de même à plusieurs reprises : je tombais toujours juste. Sans comprendre le moins du monde ce que signifiaient ces textes, sans en retenir aucun, sans savoir lire, je fondais sur la bonne carte, d'un geste spontané. J'éprouvais un plaisir très vif à sentir la main de ma mère me caresser les cheveux.

Cela me valut sur-le-champ une grande notoriété.

Que de fois nous avons répété cette démonstration d'échanges affectueux, tantôt devant des amies de ma mère, tantôt devant des connaissances qui nous conviaient toutes deux ! Il ne s'agissait pas seulement de prendre des cartes : mes dons surnaturels se manifestaient dans bien d'autres domaines.

Maintenant je sais lire, et je connais même par cœur les cent poèmes du jeu mais, ce soir, j'ai trouvé les bonnes cartes moins facilement que dans mon enfance, où ma main se dirigeait sans que j'y pense.

Ma mère... cette mère qui exigeait de moi de si grandes marques d'amour, me paraît maintenant odieuse, un peu comme les parfums occidentaux.

Vous m'avez abandonnée, mon amour, et ce doit être par satiété des témoignages d'amour qui nous comblaient. Depuis que j'ai senti, dans une salle de bain, loin de l'hôtel où vous séjourniez avec une autre, le parfum de votre nuit de noces, une porte s'est fermée pour moi.

Depuis votre mort, je n'ai pas vu votre visage une seule fois.

Je n'ai pas entendu votre voix une seule fois.

Le messager de mon esprit s'est brisé les ailes.

C'est que je ne veux pas m'envoler vers le monde de la mort que vous habitez.

Certes, pour vous, je rejetterais ma vie sans regrets.

Si je pouvais renaître sous l'espèce d'une marguerite, je marcherais dans vos pas. Lorsque je me suis mise à rire, après m'être dit que je respirais une odeur morte, c'était par dérision ; je n'avais jamais senti de parfum chinois qu'aux enterrements ou aux services anniversaires des morts. Cela m'a rappelé, pourtant, deux légendes de parfums trouvées dans deux livres que je viens d'acheter.

L'un cite le *Livre de Yuima* selon lequel, dans le Pays de Tous les Parfums, des sages, assis sous des arbres odorants, connaissent en respirant la vérité — du moins une vérité pour un parfum, une autre pour un second, et ainsi de suite.

Le profane, abordant un traité de physique, en retire l'impression que parfums, musique et couleurs sont, par nature, fondamentalement identiques, et que leur différence ne réside que dans les sens de l'homme. Quant aux savants, ils ont inventé ce conte plausible selon lequel la force de l'âme et la force électrique ou magnétique seraient de même espèce.

Il était une fois un homme qui se servait d'un pigeon comme messager d'amour. Cet homme voyageait. En quelque endroit qu'il se trouvât, le pigeon revenait chez la femme aimée. Comment ? Les amants l'expliquaient par la force de la passion contenue dans les billets qu'ils attachaient aux pattes de l'oiseau.

On a parlé d'un chat qui avait vu un esprit. Les animaux montrent souvent une prescience plus aiguë que la nôtre de notre destin. Quand j'étais enfant, mon père, chassant dans les montagnes d'Izu, perdit son pointer (je crois vous en avoir déjà parlé). Cette bête rentra chez nous huit jours après, très amaigrie, titubante : elle ne mangeait que de la main de son maître. Sur quoi s'était-elle fondée pour revenir d'Izu jusqu'à Tokyo par ses propres moyens ?

Que l'homme reçoive l'illumination par l'intermédiaire de diverses senteurs, n'est-ce qu'une légende belle et symbolique ?

Pour les sages du Pays de Tous les Parfums, le pain du cœur, c'étaient les odeurs, mais pour les habitants du Pays de l'Esprit, c'étaient les couleurs. Le sous-lieutenant Raymond Lodge, dernier fils d'un Sir Oliver Lodge, engagé en 1914, affecté au régiment du Lancashire Sud, envoyé sur le front, fut tué le 14 septembre 1915, lors de l'attaque de la colline de Feuchy. Bientôt après, par l'intermédiaire de deux médiums, Mme Reynolds et Harvey Peters, il communiquait une foule de renseignements sur des sujets divers et sur le monde de l'esprit. Son père, Sir Oliver Lodge, les publia ; cela forma un gros volume. Le « contrôle » de Mme Reynolds (comme disent les médiums dans leur vilain jargon d'anglais) était une jeune fille indienne nommée Sîta, celui de Peters un ermite italien nommé Mustone.

Raymond, habitant le troisième cercle du Pays de l'Esprit, se rendit une fois au cinquième cercle. Il y vit un grand temple, d'albâtre apparemment, tout blanc, illuminé par une multitude de rayons colorés, vermeils par endroits, bleus, orange au centre, mais dans les nuances les plus tendres. « Cette personne-là » — c'est ainsi que Sîta désignait Raymond —, cherchant la cause de cet embrasement, remarqua de nombreuses fenêtres décorées de vitraux aux couleurs douces. Les êtres présents allaient se tenir, qui dans une lumière rose filtrée par un vitrail vermeil, qui dans une orange ou dans une jaune. « Cette personne-là » s'interrogeant, voici ce qui lui fut révélé : la lumière rose est la lumière de l'amour, mais la bleue celle qui guérit vraiment le cœur, et l'orange celle de la sagesse. Chacun se dirige selon ses désirs et, si l'on en croit le guide de Raymond, trouve de cette manière une connaissance essentielle dont n'approchent pas les habitants de la terre. Néanmoins, dans notre monde aussi l'on approfondira bientôt les recherches sur les effets produits par diverses lumières.

Tout cela doit vous paraître risible, mais pourtant nous avons orné d'effets de lumière la chambre de notre amour terrestre ; et les psychiatres eux-mêmes s'intéressent à l'influence des couleurs sur les êtres.

Le mythe de Raymond sur les parfums n'est pas moins puéril.

Quand une fleur se fane ici-bas, son parfum monte jusqu'au ciel ; alors, la même fleur s'épanouit là-haut. Toute la matière du Pays de l'Esprit est constituée par les parfums qui s'élèvent de la terre. Si l'on y prend bien garde, on s'aperçoit que chaque objet, chaque être, dégage, en mourant, en pourrissant, une odeur particulière : celle de l'acacia diffère de celle du bambou, celle du chanvre pourri de celle du drap en décomposition.

Quant aux âmes, elles ne se libèrent pas brutalement des cadavres (comme on le prétend de la boule de flamme des mânes), mais forment une sorte de filament que l'odeur aurait tissé, qui monterait au ciel pour y former le corps spirituel du défunt, à l'image de son corps physique abandonné. L'homme présenterait donc, dans l'au-delà, le même aspect qu'il avait sur terre. Raymond se retrouva les mêmes cils, les mêmes empreintes digitales et, mieux encore, de bonnes dents à la place de quelques-unes qui s'étaient gâtées de son vivant.

Les aveugles ont des yeux qui voient, les boiteux des jambes droites. On trouve des chevaux, des chats et des oiseaux comme ceux de ce bas monde, des maisons en brique, et même (cela fait sourire) des cigares et des whisky and soda constitués par l'essence de leur parfum terrestre. Les enfants morts en bas âge grandissent au Royaume de l'Esprit. Raymond rencontra, devenu adulte là-haut, son frère qui les avait quittés tout petit ; il connaissait peu les choses de la terre. Ces figures spirituelles sont si belles — je pense surtout à celle d'une jeune fille nommée Lili, vêtue d'un tissu de lumière et portant des lis à la main —, que l'on se demande comment un poète les chanterait.

A côté de la *Divine Comédie* du grand poète Dante, du *Ciel et l'Enfer* du grand théosophe Swedenborg, le *Courrier du Monde spirituel* n'est qu'un babil d'enfant ; aussi peut-on le prendre avec le sourire, comme un conte. Dans ce document trop long, je préfère, quant à moi, les passages féeriques aux plus raisonnables. Sir Oliver Lodge n'était d'ailleurs pas convaincu par les descriptions de l'au-delà que proposaient les médiums ;

cependant, comme ce livre témoigne de l'immortalité de l'âme, il voulut l'offrir aux centaines de milliers de mères et d'amoureuses qui avaient perdu des êtres aimés pendant la guerre. Les ouvrages de ce genre ne se comptent plus, mais aucun de ceux que j'ai lus ne parle de la vie éternelle avec autant de sincérité que celui de Raymond. Moi qui vous survis et qui cherche des consolations, j'y cueille un ou deux mythes. Est-ce, peut-être, de mauvais goût ?

Elle est bien terre à terre et plate, la vision de l'autre monde que les Occidentaux décrivent, fût-ce par la plume d'un Swedenborg ou d'un Dante, au regard de celui que les textes sacrés bouddhiques peuplent de bouddhas. Je dois reconnaître que, même en Orient, un Confucius rejette l'au-delà, disant : « J'ignore tout de la vie, que saurais-je de la mort ? » — mais moi, je trouve dans les visions du monde antérieur et du monde à venir que nous propose le bouddhisme, le plus vibrant, le plus consolant des poèmes élégiaques.

Raymond nous dit sa joie, son émotion quand il rencontra le Christ, mais puisque le « contrôle » de Mme Reynolds était une jeune Indienne, comment Raymond n'a-t-il pas aperçu, dans les cercles du Royaume de l'Esprit, la figure du vénérable Shakyamouni ? Comment n'a-t-il jamais évoqué la conception bouddhiste de l'autre monde ?

Raymond plaint certaines âmes qui racontent leur retour, à Noël, dans leurs maisons terrestres, où les parents qu'elles y ont laissés les croient anéanties avec le corps. Mais j'y pense ! Depuis votre décès, je n'ai jamais accueilli votre âme à la fête des morts. On dit pourtant que l'âme des morts survit dans le culte que lui vouent les vivants. En souffrez-vous aussi ?

J'aime encore certains textes bouddhistes, tels que le *Livre de la Fête des Morts* qui traite du vénérable Nichiren ; le *Sen-ji* qui rapporte l'histoire de Do-hi, le sage qui avait fait danser le squelette de son père par la force tirée de la lecture des *sutras,* les textes sacrés... et le conte de l'Eléphant blanc, l'une des premières incarnations de Shakyamouni... et le rite de la fête des Esprits où l'on accueille, sur une mèche de lin, le feu que l'on renverra sur un petit bateau porteur d'une lampe ; quel délicieux jeu d'enfant !

Nous autres, Japonais, ne délaissons aucun dieu. Nous présentons même des offrandes aux bouddhas errants qui pourtant n'entretiennent aucun rapport avec les humains ; nous récitons des prières devant les objets les plus humbles, comme les épingles de couture que nous honorons une fois l'an !

Pour moi, cependant, le plus beau des textes reste celui d'Ikkyu, le moine zen, sur la fête des Esprits. Evoquant les melons et les aubergines crus de Yamashiro, le sage chantait :

« C'est la grande fête des esprits ! Les melons de cette récolte sont esprit ! Esprit, les aubergines ! Esprit, l'eau de la Kamo ! Esprit, les pêches et les kakis ! Les morts sont esprit, les vivants sont esprit ! Tous ces esprits s'unissent et se fondent dans la vacuité du cœur et de la pensée. Je rends grâce et je loue le bouddha ! »

Voici le commentaire que propose le vénérable Matsu :

« La fête de l'unité des esprits ! Dans cette doctrine, l'univers bouddhique n'a qu'un cœur. Tout l'univers bouddhique n'est qu'un cœur. Alors, ce cœur unique, c'est tout l'univers ! Et dans cette fête, les arbres, les herbes, le pays, la terre, tout devient bouddha ! »

Quant au *Shin-shi-kan* (Vision du Fond du Cœur), ce livre enseigne que tous les vivants, entraînés dans le cycle des réincarnations, renaissent et meurent durant cent mille siècles, tour à tour pères et mères, en un temps et en un lieu donnés.

Voilà pourquoi tous les hommes du monde sont pères pleins de bonté, toutes les femmes du monde mères de douleur (je cite le texte), mais il est écrit aussi que l'on est redevable au père de la connaissance de la miséricorde, à la mère de celle de la douleur.

Traduire douleur par tristesse serait superficiel. Selon la doctrine bouddhique, les mérites de la mère pèsent d'ailleurs plus lourds que ceux du père.

Vous vous rappelez bien l'heure de la mort de ma mère, n'est-ce pas ? Comme je fus étonnée quand soudain vous m'avez demandé si je pensais à elle.

La pluie se calmait, le ciel s'éclaircissait, comme si l'eau venait d'être absorbée. Sous la lumière si limpide, en ce début d'été, le monde semblait vacant. De la pelouse, devant la fenêtre, une brume légère s'élevait. Assise sur vos genoux, je contemplais un bosquet de diverses essences qui se distinguaient très nettement, comme si l'on venait d'en redessiner les lignes, quand je remarquai une très légère coloration vers l'angle de la pelouse. Je me demandais si le soleil se reflétait sur la brume. Ma mère s'avançait vers moi.

A cette époque, je vivais avec vous, contre le gré de mes parents. Je n'en éprouvais guère de honte, mais pourtant, sous l'effet de la surprise, je me redressai légèrement. Ma mère appuyait la main gauche contre sa gorge, comme pour me faire comprendre quelque chose. Soudain, sa silhouette s'estompa.

Alors je me laissai retomber de tout mon poids sur vos genoux. Vous m'avez questionnée :

« Est-ce à ta mère que tu penses ?

— Tiens, vous aussi vous l'avez vue ?

— Vue ?

— A l'instant, là !

— Où ?

— Là.

— Non, je n'ai rien vu. Que faisait-elle ?

— Elle vient de mourir. Elle est venue me l'apprendre. »

Je rentrai sur-le-champ chez mon père. La dépouille de ma mère n'avait pas encore été rapportée de l'hôpital. N'entretenant plus aucun rapport avec les miens, j'ignorais tout de son mal : un cancer de la langue. Voilà pourquoi, sans doute, elle m'était apparue la main sur la gorge.

Au moment précis de ma vision, elle avait expiré.

Même pour cette mère de compassion, je n'ai pas été tentée d'élever un autel lors de la fête des esprits, ni souhaité l'entendre me parler de l'autre monde. Je préfère m'adresser, par le truchement d'un médium, à l'un des arbres de ce bois, en le considérant comme ma mère.

Le bouddha nous enseigne à nous libérer de la loi de la transmigration pour entrer dans l'absolu du nirvâna. L'âme qui doit encore parcourir tout le cycle des renaissances n'est qu'une pauvre âme égarée... Je crois qu'il n'existe aucun mythe tissé de rêves aussi riches que le dogme de la métempsycose. N'est-ce pas le plus beau poème élégiaque que l'homme ait jamais inventé ? Cette croyance remonterait à l'époque des Védas, aux Indes. Ce doit donc être, à l'origine, le cœur même de l'Orient. N'empêche qu'il existe d'aimables légendes de fleurs dans la mythologie grecque, et le chant de Marguerite en prison, de Goethe. En Occident aussi, les personnages réincarnés sous forme d'animaux ou de végétaux sont plus nombreux que les étoiles.

Sages de jadis, spirites d'aujourd'hui, ceux qui méditent sur l'âme humaine réservent en général leur mépris aux bêtes ou aux plantes, et leur respect aux hommes. Depuis des milliers d'années, nous cherchons aveuglément, dans toutes les directions, le moyen de nous distinguer d'entre les dix mille êtres de l'univers naturel. Démarche vaine, égocentriste... ne serait-elle pas cause de la tristesse de l'âme humaine ?

Peut-être un jour l'homme fera-t-il marche arrière sur le chemin qu'il a parcouru.

Allez-vous rire en pensant qu'il n'y a là qu'un panthéisme du fond des âges, celui des peuples primitifs ?

Mais, vous le savez bien, plus les savants avancent dans leur quête sur l'origine de la matière, mieux ils comprennent que l'élément primordial se retrouve à travers toute la création. Que l'odeur de l'être qui perd sa forme terrestre constitue la matière de l'au-delà — c'est une fable, mais elle symbolise une vérité scientifique. L'énergie de la matière est impérissable ; voilà ce que j'ai compris pendant la première moitié de ma vie, moi, jeune femme à l'intelligence pourtant superficielle ; faudrait-il supposer que la force de l'âme soit seule périssable ? Pourquoi ce mot : âme, ne serait-il pas un attribut de l'énergie qui coule à travers toutes les créations du ciel et de la terre ?

La notion de l'immortalité de l'âme exprime peut-être l'amour des hommes pour la vie, pour leurs morts, mais c'est par une habitude triste et dérisoire que nous croyons conserver dans l'autre monde notre personnalité d'ici-bas, et y emporter nos amours et nos haines. La mort peut séparer parents et enfants, ils resteraient parents et enfants ! Les frères vivraient en frères dans l'au-delà ! Il paraît que la plupart des esprits des morts, en Occident, décrivent un autre monde à l'image de notre société... Ah, je trouve bien triste cet attachement obstiné à une vie qui ne respecte que l'homme !

Plutôt qu'habiter le monde pâle des fantômes, je voudrais, après ma mort, devenir une blanche colombe, une tige d'anémone. Une telle conception nous permet de nourrir ici-bas des affections tellement plus larges, tellement plus libres !

Dans l'Antiquité, les pythagoriciens, par exemple, croyaient que les mânes des méchants devaient, en expiation de leurs fautes, rester prisonnières de corps de quadrupèdes ou d'oiseaux.

Au troisième jour, alors que le sang n'était pas encore bien sec sur la croix, Jésus-Christ montait au ciel. Le corps du Seigneur disparut. « Voici, deux hommes parurent devant les femmes, avec des habits brillants comme un éclair. Et comme elles étaient tout effrayées et qu'elles baissaient la tête, ils leur dirent : Pourquoi cherchez-vous parmi les morts celui qui est vivant ? Il n'est point ici, mais il est ressuscité. Souvenez-vous de quelle manière il vous a parlé quand il était encore en Galilée, disant : " Il faut que le Fils de l'Homme soit livré entre les mains des méchants, et qu'il soit crucifié et qu'il ressuscite le troisième jour ! " »

Jésus-Christ, quand Raymond le rencontra dans le ciel, était vêtu d'habits de lumière, comme ces deux apparitions, et comme tous les habitants du pays de l'Esprit. Les vêtements des âmes se tissent dans les cœurs : autrement dit, la vie spirituelle de l'homme constitue le vêtement de l'âme, après la mort. Dans cet apologue se glisse une leçon de morale tirée des règles de la vie de société. Le ciel de Raymond comporte sept cercles, comme l'au-delà bouddhique : l'âme monte dans des cercles plus élevés au fur et à mesure qu'elle se perfectionne.

Le dogme bouddhique de la transmigration paraît bien être une projection de l'éthique de ce monde. Si l'âme, après s'être incarnée sous la forme d'un milan par exemple, renaît sous celle d'un humain, puis sous celle d'un papillon ou d'un bouddha dans une autre existence, c'est le karma, c'est-à-dire le jeu des conséquences inéluctables des agissements de l'âme au cours de ses réincarnations.

Quelle tache dans un poème élégiaque plein de compassion !

Le *Chant de la Réincarnation*, du *Livre des Morts* de l'Egypte ancienne, est plus naïf ; le vêtement d'Iris, de la mythologie grecque, rayonne d'une lumière plus claire ; la réincarnation d'Anémone révèle des joies plus fraîches.

Dans la mythologie grecque, la lune et les étoiles, les animaux et les plantes, tous ont rang de dieux — des dieux qui pleurent et qui rient, sous l'empire des mêmes sentiments que les hommes. Cela n'est-il pas frais comme de danser nu sur le gazon bien vert, sous un ciel pur ?

Puis ces dieux jouent à cache-cache, se transforment en herbes et en fleurs.

La jolie nymphe de la forêt devient une pensée, pour fuir les regards amoureux d'un jeune homme qui n'est pas son mari.

Daphné se transforme en laurier pour échapper au lubrique Apollon et préserver sa virginité.

Adonis, le beau garçon, renaît sous la forme d'une anémone pour consoler Vénus, sa maîtresse désespérée de sa mort, tandis qu'Apollon, pleurant le jeune et séduisant Hyacinthe, métamorphose en fleur son giton.

Alors, n'est-il pas loisible de penser que le prunier du tokonoma, c'est vous, et de lui parler ?

Etrange : « Faire naître le nénuphar au sein du feu donne l'illumination au sein des passions amoureuses. »

Abandonnée par vous, moi qui ai pénétré le cœur de la fleur, j'ai connu l'illumination au milieu des passions.

On ne sait quand le dieu du vent s'éprit d'une belle nymphe ni comment la nouvelle en parvint aux oreilles de Flore, l'épouse de Zéphire, mais celle-ci, follement jalouse, chassa de son palais la nymphe innocente qui passa plusieurs nuits en larmes au milieu des champs. Dans un grand malheur, ne vaut-il pas mieux n'être qu'une petite fleur ? Vivre comme une petite fleur jusqu'à la fin du monde ? Recevoir les grâces de la terre et du ciel d'un cœur simple et végétal ? Voici quelle fut l'illumination de la nymphe.

Plutôt qu'une malheureuse divinité, comme je voudrais n'être qu'une petite fleur ! Sur ce vœu, dit-on, le cœur de la pauvre nymphe se rasséréna pour la première fois.

Nuit et jour, je me rongeais de haine pour vous qui m'aviez abandonnée, de jalousie pour Ayako, qui vous avait pris à moi... Combien de fois me suis-je répété que je serais bien plus heureuse si, telle la pauvre nymphe, je me transformais en fleur plutôt que de rester une femme désespérée !

Etranges sont les pleurs des humains... Etranges, dis-je ; mes propos de ce soir ne vous semblent-ils pas étranges, eux ? Pourtant, si l'on y réfléchit, je n'exprime rien d'autre que les souhaits, les rêves de milliards d'êtres, depuis des milliers d'années. Femme, je naquis en ce monde telle une poésie lyrique, telle une larme...

Quand j'avais un amant — vous, ô mon amant —, mes pleurs coulaient sur mes joues, le soir avant que je m'endorme.

Quand j'ai perdu mon amant, — vous, ô mon amant, —, mes pleurs coulaient sur mes joues le matin après mon réveil.

Du temps où je dormais près de vous, je n'ai jamais rêvé de vous. Depuis que nous sommes séparés, je rêve presque toutes les nuits que je suis dans vos bras. Qu'il est triste, mon éveil matinal, alors que jadis ma plongée dans le sommeil, la nuit, était tellement heureuse que j'en pleurais...

Si, comme on le soutient, le cœur subsiste, dans le monde des esprits, par l'odeur et la couleur des choses, faut-il s'étonner que l'amour d'une femme devienne la substance de sa vie ? Quand vous étiez à moi, je communiquais à la moindre de mes actions — l'achat d'une garniture de col dans un grand magasin, le découpage d'une daurade à la cuisine — tout l'élan d'une femme heureuse.

Après que je vous eus perdu, les fleurs et leurs couleurs, les oiseaux et leurs chants me sont devenus fades et vains. Le lien qui rattachait mon cœur au ciel, à la terre et à tous les êtres s'était brisé. La perte de mon amour m'affectait plus encore que la perte de mon amant.

Mais, lisant un jour un chant élégiaque de réincarnation, j'en fus inspirée ; je retrouvai le don d'aimer avec générosité vous, le ciel, la terre et toutes les choses.

Je la dois à la tristesse des amours trop humaines, mon élégie !

Je vous ai tant aimé !

Maintenant, à nouveau, comme au temps où nous ne nous étions pas encore avoué notre amour, je contemple ce prunier, avec ses fleurs en boutons gonflés, et je souhaite avec une ardente concentration que mon âme, ce courant invisible, trouve une voie jusqu'à vous qui êtes mort, qui êtes je ne sais où...

En voyant l'ombre de ma mère, je n'avais rien dit, mais vous, avec bonté, m'aviez demandé si elle souffrait.

Nous ne formions plus qu'un, vivant dans la certitude qu'aucune force ne pourrait nous séparer. Confiante, je vous quittai pour assister à ses obsèques. Sur la table de toilette munie d'un miroir à trois faces que j'avais laissée chez mon père, je vous écrivis pour la première fois après notre séparation.

« Mon père, le cœur brisé par la mort de ma mère, nous accorde son consentement. Il m'a fait donner un vêtement de deuil, sans doute en témoignage de réconciliation. Je me prépare en ce moment pour la cérémonie. Malgré ma fatigue, je suis belle, c'est vrai, dans ce kimono que je porte pour la première fois depuis mon retour à la maison. Je voudrais vous montrer mon visage tel qu'il m'apparaît dans le miroir ; alors, en dérobant un instant à mes tâches, je vous écris. Ce noir est beau, certes, mais je demanderai qu'on m'achète un kimono plus coloré pour me marier. Que j'ai hâte de vous revenir ! mais après avoir quitté les miens comme vous savez, voici, je pense, l'occasion d'obtenir mon pardon. Je patienterai donc jusqu'à l'anniversaire du trente-cinquième jour. Ayako doit être chez vous. Demandez-lui, je vous prie, de s'occuper de vous. Mon frère me soutient plus que personne. Il est jeune, mais il me défend devant tous mes parents. Quel gentil garçon ! Je rapporterai cette coiffeuse. »

Le lendemain soir, votre lettre me parvenait :

« Tu dois être bien fatiguée par les veillées. Prends soin de ta santé. Ayako s'occupe de moi.

« Tu m'avais parlé d'une coiffeuse offerte jadis par une camarade française de l'école des sœurs missionnaires qui rentrait dans son pays ; tu me disais que c'était l'objet que tu regrettais le plus. Je pense que tu l'as retrouvée telle que tu l'avais laissée, même si les fards ont séché dans le tiroir.

« Malgré la distance qui nous sépare, il me semble avoir devant les yeux la beauté de ta silhouette vêtue de noir et reflétée dans le miroir. Je voudrais t'habiller d'une belle robe de noces le plus tôt possible. Je pourrais la commander ici, mais si tu en demandais une gentiment à ton père, je pense que tu lui ferais grand plaisir. Ne crois pas que je veuille profiter de son chagrin, mais je pense pourtant qu'il nous accordera son consentement, parce qu'il a le cœur brisé. Ton frère, à qui jadis tu sauvas la vie, que devient-il ? »

Ma lettre n'était pas une réponse à la vôtre, ni la vôtre à la mienne. Chacun de notre côté, nous avions écrit la même chose à la même heure. Ce n'était pas rare entre nous.

Autre signe de notre amour : cette confiance que déjà vous m'accordiez, avant que nous vivions ensemble : « Avec Tatsue, jamais il ne peut arriver de malheur imprévu. Je suis tranquille ! » disiez-vous souvent. Vous l'avez répété quand je vous ai raconté comment j'avais prévu que mon frère pourrait se noyer.

Je rinçais les maillots de bain au puits d'une villa de bord de mer que nous avions louée pour l'été. Soudain, je ressentis les cris de mon petit frère, sa main tendue sortant des vagues, une voile de bateau, le ciel orageux, la mer agitée. Je levai la tête : il faisait beau. Pourtant, je me précipitai jusqu'à la maison : « Maman ! Mon frère court un grand danger ! »

Ma mère changea de visage ; elle courut vers la plage en me tirant par la main. Mon frère, âgé de huit ans, s'apprêtait à s'embarquer sur un petit voilier avec deux collégiens de ma connaissance et un garçon plus grand, qui était le seul à connaître la navigation. Ils souhaitaient partir dès le matin pour chercher le frais, à quelques miles de là, en longeant la côte ; ils emportaient même une sorbetière, des sandwiches et un melon.

Or justement, au retour, le bateau, assailli par un mauvais grain, cabanait en virant de bord. Les trois garçons, ballottés par les vagues, purent se maintenir au mât qui s'était détaché. Quand un canot de sauvetage alla les rechercher, ils avaient bu la tasse, mais on les trouva sains et saufs. Cependant, si par hasard mon frère s'était trouvé là, sait-on ce qui serait arrivé puisque à bord il n'y avait qu'un grand et que les collégiens ne savaient pas très bien nager ?

Ma mère s'était précipitée parce qu'elle croyait à ma voyance.

Après m'être taillé une réputation lors des parties de loto des poèmes, le directeur de l'école primaire avait voulu voir cette enfant prodige. Ma mère m'avait conduite chez lui. Je n'allais pas encore en classe, je comptais à grand-peine jusqu'à cent et ne lisais pas encore les chiffres arabes, mais je réussis facilement une multiplication et une division. Je trouvai la solution de quelques-uns de ces petits problèmes classiques où l'on doit additionner des pattes de tortues avec des pattes de grues. Pour moi, c'était la simplicité même : je me contentais de laisser tomber nonchalamment le nombre demandé. Je pus aussi répondre à des questions faciles d'histoire et de géographie.

Ces dons ne se manifestaient cependant qu'en présence de ma mère.

Le directeur d'école m'admirait : il se tapait les cuisses avec ostentation. Lorsqu'un objet s'égarait à la maison, racontait ma mère, on le demandait à cette enfant qui le retrouvait tout de suite.

« Vraiment ! fit-il en ouvrant un livre posé sur le bureau, qu'il me montra. Je ne pense pourtant pas qu'elle sache me dire le numéro de cette page ! »

Une fois de plus, je prononçai tranquillement un nombre — le bon. L'homme, appuyant le doigt sur une ligne, me regarda : « Peux-tu nous raconter ce qui est écrit ici ?

— « Le chapelet de verre. La fleur de glycine. Il neige sur les fleurs de prunier. Le beau bébé mange des fraises. »

— Ça, par exemple ! Stupéfiant, vraiment ! Quelle enfant prodigieuse, au regard extralucide ! Et le nom de ce livre ? »

Je penchai la tête un moment : « C'est le *Livre de chevet de Sei Shoganon* ! »

J'avais dit : « Le chapelet de verre. La fleur de glycine. Il neige sur les fleurs de prunier. Le beau bébé mange des fraises. » Lecture enfantine et fautive du texte :

Un rosaire de cristal de roche
De la neige tombée sur les fleurs de glycine
   et de prunier
Un très joli bébé qui mange des fraises,

mais il me souvient encore de l'étonnement de ce maître d'école et de la fierté qu'en ressentait ma mère.

A cette époque, je me plaisais souvent, outre à réciter la table de multiplication, à prédire, suivant l'occasion, la pluie ou le beau temps ; le nombre de chiots que la chienne allait mettre bas et le décompte des mâles et des femelles ; le nom des visiteurs de ce jour ; le moment du retour de mon père ; le visage de notre prochaine servante ; parfois même l'heure du décès d'un malade de notre parenté. Les gens du voisinage me louangeaient ; cela me charmait, j'en tirais vanité. Pourtant, au fond, je m'étais plongée dans ces jeux de prophétie sans me départir de mon innocence d'enfant.

Le don de voyance sembla m'abandonner peu à peu tandis que, grandissant, je la perdais, cette innocence. L'ange qui logeait en mon cœur m'avait-il quittée ?

Fantasque, il me rendit parfois, pendant mon adolescence, des visites fulgurantes.

Puis il s'est brisé les ailes — je crois vous l'avoir dit tout à l'heure — le jour où j'ai senti le parfum de votre couche nuptiale.

La lettre dans laquelle je vous parlais de la neige, la plus étrange que j'aie jamais écrite pendant cette première partie de ma vie — car je suis jeune encore... quel bon souvenir c'était devenu ! Je n'en aurais plus la force.

« Il a beaucoup neigé sur Tokyo, n'est-ce pas ? Devant l'entrée de votre maison, le berger allemand tire sur sa chaîne comme s'il allait renverser sa niche verte. Il aboie très fort après un vieux qui balaie la neige. S'il s'en prenait à moi de cette façon, même venue de très loin, je n'oserais passer la porte. Le pauvre ! Un bébé qu'il porte ficelé sur le dos se met à pleurer. Vous voilà dehors, vous consolez doucement l'enfant, en vous demandant comment, ayant pour père un vieillard aussi minable, il peut être si vif et mignon. Mais croyez-moi, cet homme est bien moins âgé qu'il ne le paraît. C'est la dureté de la vie qui le vieillit ainsi. Naguère, votre servante déblayait elle-même, n'est-ce pas ? Mais cette espèce de clochard est venu gémir auprès d'elle, tête basse, l'air honteux : « Personne ne veut m'embaucher parce que je suis vieux, faible, et que je porte un enfant sur le dos. Je vous en prie... Je ne lui ai pas encore donné de lait aujourd'hui... » La femme se dirige vers le salon pour vous demander vos instructions. Vous écoutez un disque de Chopin. Une peinture à l'huile de Koga Harue, une estampe de Hiroshigé — la neige à Kiso — se font face sur les murs. D'un autre côté de la pièce, une toile d'indienne s'orne d'un motif d'oiseau de paradis. La chaise, sous sa housse blanche, est couverte de cuir verdâtre. De part et d'autre du radiateur, blanc aussi, des ornements évoquent des kangourous. Un album s'ouvre sur la table : la *Danse de la Grèce classique,* d'Isadora Duncan. Sur l'étagère, dans un coin, des œillets se fanent depuis Noël, mais vous ne les jetez pas, bien que le Premier de l'An soit passé ; ce doit être un cadeau d'une jolie personne ! Le rideau de la fenêtre... mais mon imagination s'emballe dans votre salon que je n'ai jamais vu. »

Le journal du lendemain m'apprit que cette journée du dimanche n'avait point été enneigée, mais au contraire belle et douce. J'en ai ri.

Cette pièce ne m'était pas apparue dans une vision, ni dans un rêve. Tout en vous écrivant, je me contentais d'aligner les mots qui venaient sous ma plume.

Je quittai la maison familiale sur la décision d'être à vous ; pendant mon voyage en chemin de fer, il neigea beaucoup sur Tokyo.

La lettre où je parlais de neige m'était sortie de l'esprit mais quand, en entrant, je vis votre salon, moi qui ne vous avais jamais encore même touché la main, je me jetai dans vos bras. Vous étiez donc tellement épris !

« Oui, j'ai transporté la niche derrière la maison dès que j'ai reçu ta lettre.

— Et puis, vous avez eu l'attention d'aménager la pièce telle que je l'avais décrite !

— Tu plaisantes ! Il y a longtemps qu'elle est comme cela. Je n'y ai rien changé.

— Est-ce possible ? »

J'examinai de nouveau le salon.

« Il est étrange que tu le trouves étrange. Quelle ne fut pas ma surprise en lisant ta lettre ! J'ai mesuré l'amour que tu m'offrais. J'ai songé qu'à force de hanter ma maison, ton esprit la connaissait à fond. Puisque l'esprit m'avait rendu visite si souvent, pourquoi le corps ne viendrait-il pas ? J'ai donc trouvé le courage et la confiance de t'écrire pour te demander de venir me rejoindre, même au prix d'abandonner les tiens. D'ailleurs, tu m'as raconté que tu avais rêvé de moi bien avant notre rencontre. Ne sommes-nous pas prédestinés ?

— Mon cœur, en somme, communiquait avec vous ! »

Autre signe : le vieux que je vous avais décrit vint balayer la neige le lendemain matin.

J'allais, chaque soir, vous chercher à votre retour du Service de recherche universitaire. Vos horaires n'étaient pas réguliers ; vous pouviez emprunter deux itinéraires pour venir de la gare de banlieue, l'un qui traversait le quartier commerçant, l'autre qui longeait un bois désert. Or, nous nous rencontrions sans faute.

De nos bouches jaillissaient toujours des paroles identiques. Où que j'aille, quoi que je fasse, si vous me cherchiez, je venais, avant que vous m'appeliez.

Je préparais souvent le repas dont l'envie vous avait pris au bureau.

Y avait-il trop de signes d'amour entre nous ? Ne nous restait-il plus qu'à nous séparer ?

Une fois, même, reconduisant Ayako jusqu'à la porte, je lui dis soudain mon inquiétude de la voir partir et la priai de s'attarder un moment. Moins d'un quart d'heure après, la voilà prise d'un violent saignement de nez. C'eût été bien gênant si cet accident s'était produit sur le chemin du retour ! Cette prémonition venait-elle de ce que, déjà, je vous sentais épris de cette femme ?

Nous nous aimions tant ! J'avais eu la prescience de notre amour, que n'ai-je eu celle de votre mariage avec Ayako, puis celle de votre mort ?

Pourquoi votre âme n'a-t-elle pas voulu me faire connaître votre mort ?

J'avais rêvé d'une rencontre avec un jeune homme, dans un sentier, près d'une belle plage. Les branches fleuries des lauriers-roses surplombaient la mer limpide ; une pancarte de bois blanc indiquait le chemin ; de la fumée s'élevait au-dessus des bois. La tenue du jeune homme évoquait un uniforme d'aviateur ; il portait des gants de cuir, ses sourcils étaient bien tracés ; les coins de sa bouche s'abaissaient un peu quand il riait.

Je l'accompagnai un moment et mon cœur se gonflait d'amour −, puis le rêve s'interrompit.

A mon réveil, je me demandais si j'allais épouser un officier aviateur. Je m'efforçais de conserver longtemps le souvenir de ce songe, gravant, dans ma mémoire, les caractères du nom d'un vapeur qui longeait la côte : le *Daigo Midorimaru*. Deux ou trois ans plus tard, je vous ai rencontré. C'était au bord d'un sentier tout à fait semblable à celui de mon rêve. Je me trouvais ce matin-là dans une station thermale où j'accompagnais mon oncle pour la première fois, et que je ne connaissais donc pas encore. A peine m'aviez-vous aperçue que votre expression marquait un grand soulagement.

« Par où rentre-t-on dans la ville ? » m'avez-vous demandé, mais comme si je vous attirais. Toute rougissante, je détournai le visage vers la mer et je vis alors passer un bateau qui portait à la poupe le nom : *Daigo Midorimaru*. J'avançais, tremblante, en silence. Vous me suiviez.

« Retournez-vous en ville ? Pourriez-vous m'indiquer un marchand de bicyclettes ou un garage ? Je peux vous paraître sans façon, mais, voyez-vous, je circule à moto. J'ai croisé une charrette traînée par un cheval que le bruit a fait cabrer. En voulant éviter un accident, j'ai heurté le rocher. Mon engin s'est abîmé. »

A peine avions-nous parcouru deux cents mètres que nous sympathisions. J'allai jusqu'à dire :

« Il me semble vous avoir déjà rencontré !

— Je me demande aussi pourquoi je ne vous ai pas encore rencontrée. C'est un peu la même chose, en somme. »

Ensuite, chaque fois que je vous appelais dans mon cœur, quand je vous apercevais de dos dans cette station thermale, vous vous retourniez, si loin que vous vous trouviez.

Où que nous allions ensemble, je croyais y être allée déjà.

Quoi que nous fassions ensemble, je croyais l'avoir déjà fait.

Frappez un *la* sur le clavier du piano, le *la* du violon lui répondra. Effleurez une branche du diapason, l'autre lui répondra. Sans doute en va-t-il de même des âmes qui communiquent. Pourtant, je n'ai pas capté de message m'apprenant votre mort. L'émetteur de votre âme, le récepteur de la mienne étaient-ils en dérangement ?

Aurais-je, au contraire, clos la porte de mon cœur par crainte, pour vous et pour votre femme, de la puissance de mon âme libérée des contraintes de l'espace et du temps ?

A l'imitation de saint François d'Assise, les jeunes filles pieuses qui méditent sur le Christ en croix saignent du côté, comme percées d'un coup de lance ; tout le monde a entendu parler d'esprits vivants ou morts qui ont tué, par la seule force de leurs imprécations.

A l'annonce de votre mort, j'ai frémi de crainte, et j'ai ressenti, plus fortement encore, l'envie de devenir une fleur sauvage. L'ardente légion des soldats de l'esprit, où s'engagent les âmes d'ici-bas et celles de l'au-delà, combat les modes de pensées de ceux que la mort ou la vie ont séparés ; lance un pont qui les relie ; anéantit enfin la tristesse que la mort dispense en ce monde. Voilà ce qu'affirment les spirites.

Moi, pourtant, plutôt que de recevoir des témoignages d'amour venant du pays de l'esprit ; plutôt que de me survivre, toujours amante, dans l'hadès ou dans la vie future, je préfère devenir avec vous fleur de prunier vermeil, fleur de laurier-rose. Alors les papillons qui butinent le pollen nous uniront.

Alors je n'aurais plus besoin d'invoquer les morts, selon la navrante coutume des vivants.

1932.

BESTIAIRE

Des pépiements interrompirent sa rêverie : un camion déjà vieux transportait une cage deux ou trois fois plus grande que celle où, sur les scènes de théâtre, on enferme les condamnés.

Il s'aperçut ainsi que le taxi s'était laissé prendre dans un convoi funèbre. Derrière eux, le pare-brise d'une voiture portait un disque de papier marqué d'un numéro, le vingt-trois, qui se découpait à côté du visage du conducteur. En tournant la tête, il observa qu'ils passaient devant un temple zen. On lisait sur une stèle de pierre une inscription commémorant le souvenir de Dazai Shundai ; une feuille de papier collée au portail annonçait :

Un malheur pour cette maison :
Obsèques de...

La rue descendait. Au carrefour, en bas, l'agent de police démêlait avec peine l'embouteillage causé par une trentaine de voitures. Quant à lui, tout en observant la cage et les oiseaux qu'on allait sans doute libérer à l'occasion des funérailles, il commençait à s'énerver.

« As-tu l'heure ? » demanda-t-il à la jeune domestique assise près de lui, son panier de fleurs précieusement serré dans les bras. Elle ne devait pourtant pas avoir de montre et le chauffeur répondit à sa place :

« Sept heures moins dix, mais je retarde de six ou sept minutes. »

Le crépuscule de ce début d'été restait clair encore. Les roses dégageaient une senteur violente, et le parfum troublant de quelques arbres fleurissant en juin s'écoulait de la cour du temple.

« A cette allure-là, je vais arriver en retard. Pourriez-vous aller un peu plus vite ?

— Mais je suis bien obligé de laisser passer les voitures qui viennent de la droite, sans cela... Qu'est-ce qu'on donne au théâtre de Hibiya ? »

Le chauffeur espérait peut-être trouver des clients à la sortie du spectacle.

« Des danses.

— Ah ? Combien peut valoir un lâcher d'oiseaux comme cela ?

— Au fait, croiser un convoi funèbre, cela porte-t-il malheur ? »

On entendit un bruit d'ailes désordonné. Les oiseaux s'affolaient au départ du camion.

« Tout au contraire. Certains prétendent même qu'il n'existe pas de meilleur présage. »

Illustrant ses propos par les manœuvres de son véhicule, le chauffeur se dégagea de la file de voitures et doubla le convoi par la droite.

« Bizarre ! Alors, les contraires s'attirent ! » Il rit, mais jugea normal que cet homme se fût accoutumé à raisonner ainsi.

Il allait voir danser Chikako ; ces pensées n'étaient pas de mise. Laisser des cadavres d'oiseaux chez soi pouvait être plus maléfique que de rencontrer un enterrement.

« Quand nous rentrerons, tu n'oublieras pas de jeter les roitelets. J'ai l'impression qu'ils se trouvent encore dans le placard du premier étage », fit-il d'un air de dégoût.

Une semaine auparavant, un couple de roitelets était mort chez lui. Comme il éprouvait quelque répugnance à les sortir de la cage, il l'avait fourrée dans le placard, celui du palier, et laissée, puis, s'étant, ainsi que la domestique, accoutumé à la présence de ces petits cadavres, il sortait et remettait les coussins dessus chaque fois que des visiteurs arrivaient.

Le roitelet compte, avec la mésange et le troglodyte, parmi les plus petits oiseaux que l'on élève en captivité. Son ventre est vert olive, la queue jaune et grise, la gorge grisâtre. Deux traits blancs se dessinent sur les ailes aux extrémités jaunes. Au sommet de la tête, une forte ligne noire cerne une tache jaune qui tire sur l'orange chez le mâle et qui ressort nettement si l'oiseau gonfle ses plumes : elle évoque alors des pétales de fleurs épanouies. Le roitelet dégage un charme comique, avec ses yeux ronds, sa démarche très vive et sa façon de s'accrocher gaiement au plafond de sa cage. Cependant, sa joliesse n'exclut pas une sorte de distinction.

Un soir l'oiselier en avait apporté deux. Lui, tout de suite, les avait posés sur l'autel familial, dans la pénombre. Au bout d'un moment, il les regarda : les oiseaux dormaient l'un contre l'autre, têtes et plumes emmêlées, attendrissants, fondus sans que l'œil puisse les distinguer, en une boule d'aspect laineux. Lui, le célibataire frisant la quarantaine, sentit une émotion, une sorte de nostalgie l'étreindre. Debout, il les contempla longuement.

Où, en quel pays, trouverait-on chez les humains pareil couple d'amoureux candides, dormant avec tant de grâce, se demandait-il, regrettant qu'il ne se trouvât personne à son côté pour contempler ce sommeil d'oiseaux... mais il n'appela pas la domestique.

Par la suite, il prit tous ses repas devant la cage posée sur la table, en regardant les roitelets.

Il tenait en général sur lui quelque bête familière, même quand il recevait une visite et, sans prêter l'oreille aux propos de son interlocuteur, remuait les doigts devant de petits rouges-gorges et leur donnait des graines, se laissait absorber par le dressage de ses oiseaux, à moins encore d'épucer un chien qu'il maintenait entre ses genoux.

« Cet animal se montre assez fataliste ; moi, je l'aime bien. On peut le prendre sur ses genoux, l'envoyer coucher dans un coin, il resterait immobile pendant une demi-journée. »

Parfois le visiteur se levait pour prendre congé sans que lui l'eût regardé dans les yeux.

En été, il lâchait des carpillons dans un bocal posé sur la table du salon.

« Serait-ce un effet de l'âge ? Voir des gens m'ennuie de plus en plus. J'aime peu les hommes ; ils me lassent vite. Pour les repas ou les voyages, je préfère la compagnie d'une femme.

— Alors, marie-toi !

— Ce n'est pas possible non plus car je préfère, moi, les femmes froides — et qui le restent. Il m'est plus facile de leur parler, en affectant de ne pas remarquer leur indifférence. Je prends toujours comme domestique des filles à l'air sévère.

— Voilà donc pourquoi tu élèves des animaux !

— Les animaux ne sont pas indifférents... En vérité, je ne pourrais supporter la solitude si je n'avais ces présences. »

Il suivait distraitement la conversation, attentif aux diverses teintes dont se paraient les écailles des carpillons qui nageaient dans le bocal, perdu dans la pensée d'un univers de lumières délicates —, et finissait par oublier la présence du visiteur.

Il lui arrivait de conserver une trentaine d'oiseaux dans son bureau, car chaque fois qu'il en trouvait de nouveaux, l'oiselier les lui apportait automatiquement.

« Encore le marchand d'oiseaux ! » s'exclamait la domestique avec une grimace.

— Allons, je ne connais rien d'autre qui, pour ce prix, m'assure quatre ou cinq jours de bonne humeur.

— Mais c'est qu'alors vous ne faites plus rien d'autre que de les regarder, et vous prenez l'air si sérieux que...

— Cela t'inquiète et tu t'imagines que je perds la raison ! Le silence te paraît-il si morne ? »

Lui, pourtant, trouvait la vie tellement fraîche pendant les deux ou trois journées qui suivaient l'arrivée d'un nouvel oiseau ! Le ciel et la terre le comblaient ! Serait-il mauvais ? Nul être humain ne pouvait lui inspirer de sentiments analogues. Les oiseaux, animés parce qu'ils vivent, expriment mieux encore le miracle de la nature que les coquillages ou les fleurs, malgré toute leur beauté. Même dans les cages qui les emprisonnent, ces petites créatures extériorisent leur joie de vivre, et c'était surtout vrai du couple de roitelets, si menus, si vifs.

Au bout d'un mois, l'un des deux s'échappa, tandis qu'on mettait des graines dans sa mangeoire. La petite domestique perdit complètement la tête. L'oiseau se percha dans le camphrier aux feuilles baignées de rosée matinale, au-dessus de la grange. Les deux roitelets, celui qui restait dans la cage et l'autre, s'appelaient à grands cris. Il posa tout de suite la cage sur le toit de la grange et une longue perche enduite de glu à côté, mais l'oiseau libre, en lançant des appels de plus en plus tristes, parut cependant prendre son vol en direction du midi. Ce couple d'oiseaux provenait de la montagne de Nikko.

La femelle lui restait. Au souvenir de ces oiseaux

endormis, il demanda très instamment un mâle à l'oiselier ; lui-même en chercha dans les magasins des environs, mais en vain. Quelque temps après, l'oiselier fit venir un autre couple de la montagne, mais lui ne désirait que le mâle.

« Cela fait la paire ; je ne puis en garder un seul chez moi. Tenez, je vous donne la femelle pour rien.

— Mais vont-ils s'entendre tous les trois ?

— Bien sûr ! Si vous placez deux cages l'une à côté de l'autre pendant quatre ou cinq jours, ils feront connaissance. »

Cependant, comme un enfant devant un jouet neuf, il n'avait pas attendu. L'oiselier sortait à peine qu'il introduisait le couple dans la cage de la solitaire.

Il n'avait pas prévu le tumulte qui s'ensuivit. Les nouveaux venus ne parvenaient même pas à se poser sur le perchoir et voletaient d'un bout à l'autre de la cage tandis que la première occupante, terrorisée, pétrifiée, contemplait cette agitation du fond où elle restait. Le couple s'entr'appelait, comme deux époux dans le danger. Les trois cœurs apeurés battaient violemment. Quand on mit la cage dans le placard, le couple avec quelques cris se rapprocha, mais l'autre femelle restait inquiète dans son coin.

Cette situation ne le satisfaisant pas, il répartit les oiseaux dans deux cages, mais à la vue de la paire il s'apitoya sur le sort de l'isolée ; alors, il la réunit avec le mâle, mais celui-ci, échangeant des pépiements avec sa femelle, se refusait à toute familiarité avec l'autre. Pourtant, ils finirent par s'assoupir côte à côte. Le lendemain soir, quand on les remit tous trois ensemble, ils manifestèrent moins de frayeur et s'endormirent en boule, chacun posant la tête dans les plumes de son voisin. Il posa la cage près de son appuie-tête et sombra dans le sommeil à son tour. A son réveil, le lendemain, deux des oiseaux formaient une pelote de laine chaude tandis qu'au fond, sous le perchoir, gisait le troisième, les ailes légèrement écartées, les yeux mi-clos, les pattes étendues, mort.

Comme s'il ne fallait surtout pas le laisser voir aux autres, il retira le petit cadavre à la dérobée, le jeta dans la poubelle sans rien en dire à la domestique, se sentant coupable d'avoir tué cette bête cruellement.

« Lequel était mort ? » En observant la cage très soigneusement, il crut discerner, contre toute attente, que la première femelle lui restait ; cependant, comme il y tenait davantage, parce qu'il l'élevait depuis un certain temps, alors que l'autre n'était là que depuis deux jours, il se crut peut-être influencé par son désir, ce qui, chez un homme sans famille, lui parut odieux.

« Si l'on a des préférences, si l'on choisit, pourquoi vivre avec des animaux ? Dans ce cas, il y a les hommes ! »

On sait que les roitelets sont délicats et meurent de rien ; pourtant, après cet accident, ils se portèrent bien.

La saison venait où il n'aurait plus à sortir pour chercher la pitance des oisillons qui venaient de la montagne, comme la petite pie-grièche qu'il avait capturée, bien que ce fût interdit.

Il donnait un bain aux oiseaux, sur la galerie extérieure de la maison ; des fleurs de glycine venaient parsemer l'eau.

Il nettoyait la cage tout en prêtant l'oreille aux battements d'ailes quand il entendit des cris d'enfants derrière la clôture du jardin. Il éprouva le sentiment que la vie d'un petit animal était menacée ; son chien, le fox à poil dur, ne serait-il pas sorti de la cour ? Il grimpa sur le muret : une petite alouette, qui ne tenait même pas encore debout, se traînait sur des ailes minuscules, au milieu de la décharge d'ordures. L'idée de la recueillir lui vint tout de suite.

« Que se passe-t-il ?

— Les gens de là-bas — un écolier montrait du doigt

une maison près de laquelle poussaient des paulownias affreusement bleus — l'ont jetée. Elle va mourir.

— Oui, c'est vrai. »

Il s'éloigna froidement.

Ces voisins élevaient trois ou quatre alouettes dans cette maison. Sans doute s'était-on débarrassé d'un oisillon qui ne chanterait pas. Son premier mouvement de miséricorde bouddhique s'interrompit à la pensée qu'il ne servirait à rien de ramasser cet animal de rebut.

Le sexe de certains oiseaux se distingue mal quand ils sont petits. L'oiselier apporte de la montagne le nid tout entier, mais quand il parvient à les distinguer, il jette les femelles, invendables parce qu'elles ne chantent pas. L'amour des animaux devient facilement une prédilection pour les plus beaux, ce qui rend les cruautés de ce genre presque inévitables.

Malgré sa tendance à convoiter tous les animaux d'agrément qui passaient à sa portée, il avait compris, par expérience, que cette versatilité n'exprimait qu'une sorte d'indifférence et présageait, chez lui, l'avilissement du sens de la vie.

Maintenant, même quand on l'en conjurait, il ne tolérait plus de s'occuper d'une bête, fût-ce un beau chien, fût-ce un bel oiseau, qui soit déjà passé par d'autres mains.

Voilà pourquoi je n'aime pas les hommes, se dit égoïstement cet homme solitaire.

Quand on est marié, quand on a des enfants, des frères, les liens sont difficiles à rompre ; il faut se résigner à la vie commune, même avec des compagnons dénués d'intérêt. En outre, chacun doit porter ce qu'on appelle le moi.

Cependant l'élevage scientifique, contre nature, des animaux, qui tend vers un canon de beauté très arbitraire, sans égard pour leur vie ni pour leurs mœurs, lui semblait témoigner d'un détachement bien triste, d'une impassibilité quasi divine. Ces amateurs qui poursuivent exclusivement la pureté de la race, il les tolérait, mais avec ironie, voyant en eux le symbole tragique de l'homme dans l'univers.

Un soir du mois de novembre précédent, le marchand de chiens s'était présenté chez lui ; son teint d'orange passée devait lui venir de quelque mal de reins chronique.

« Je viens de faire une bêtise épouvantable. Tout à l'heure, dans le jardin, j'ai lâché la laisse de la chienne. On y voyait mal à cause du brouillard ; je l'ai perdue de vue, mais rien qu'un petit moment, et puis je l'ai surprise en train de se faire couvrir par un chien errant. Je l'en ai tout de suite arrachée puis je l'ai bourrée de coups de pied dans le ventre, cette sale bête, jusqu'à ce qu'elle soit à bout. Alors, je pense qu'il n'y a rien de fait. Les aventures de ce genre produisent souvent des fruits... C'est idiot.

— Quelle sottise, pour un professionnel !

— Vous avez raison ! Je suis confondu ! C'est une bourde inavouable ! Elle m'a fait perdre une fortune en un instant, cette sale bête ! »

Un léger tremblement agitait les lèvres jaunes du marchand.

La chienne, une doberman, cette race généralement si courageuse, rentrait la tête dans les épaules et regardait parfois le néphrétique à la dérobée, d'un œil craintif. Dehors, on voyait flotter le brouillard.

Il s'était entremis pour la vente de cet animal, mais il aurait bonne mine si des bâtards venaient à naître chez l'acheteur ! Il insista sur ce point mais le marchand, sans doute poussé par des besoins d'argent, vendit quand même, en se gardant de l'en avertir. Cet homme ne s'était pas trompé. L'acquéreur revint en effet deux ou trois jours après la vente, avec la chienne, racontant qu'elle avait mis bas des petits mort-nés la nuit suivant son arrivée.

« Il paraît qu'on entendait des hurlements de douleur. La domestique a poussé les volets extérieurs ; elle a vu la chienne dévorer ses petits sous la galerie. Surprise, effrayée, cette fille n'a pas bien observé ; d'ailleurs, l'aube n'était pas très claire, on ne sait pas le nombre des petits. En tout cas, on l'a vue manger le dernier. Le vétérinaire que nous avons fait venir tout de suite nous a dit qu'un marchand ne vend jamais une femelle pleine ; celle-ci doit avoir été couverte par un chien errant ; on s'en sera défait après l'avoir battue très fort ou lui avoir donné des coups de pied ; sa mise bas ne semble pas normale, à moins qu'elle n'ait coutume de manger ses petits. Quoi qu'il en soit, nous la rendons. Nous sommes tous indignés : elle est bien à plaindre, cette pauvre bête, après ce qu'elle a subi.

— Voyons, dit-il en attirant la chienne d'un geste naturel pour la palper. Voilà des mamelles qui ont allaité. Elle aura mangé ses petits cette fois parce qu'ils étaient morts », dit-il avec une feinte indifférence bien que la malhonnêteté du marchand l'irritât vivement et qu'il trouvât la chienne bien pitoyable.

Une fois aussi, chez lui, des bâtards étaient nés.

Même en voyage, il trouvait odieux de partager sa chambre avec un autre homme et détestait en héberger. Jamais il n'aurait accueilli l'un de ces étudiants qui travaillent pour payer leurs études.

Cette répulsion, l'ennui que les hommes lui inspirait, ne suffisait peut-être pas à l'expliquer, mais le fait est qu'il n'élevait que des femelles. Les mâles, pour servir à la reproduction, doivent être d'une beauté rare. Ils coûtent alors fort cher ; il faut leur faire de la publicité comme à des vedettes de cinéma. Leur popularité reste précaire, et l'on se trouve engagé dans une compétition ; en fin de compte, cela devient un jeu d'argent.

Un jour, il était allé chez un éleveur pour le prier de lui montrer un terrier, célèbre étalon. Ce chien passait toutes ses journées dans une chambre au premier étage et semblait, par la force de l'habitude, imaginer qu'une femelle se trouvait là dès qu'on le prenait dans les bras pour le descendre : on aurait dit une habile prostituée. Comme il avait le poil court, l'organe, exceptionnellement développé, se voyait beaucoup. Il trouva cela presque effrayant et ne put s'empêcher d'en détourner son regard.

Mais enfin, la véritable raison pour laquelle il ne possédait pas de mâle, c'est qu'il préférait la mise bas et l'élevage.

La mère des bâtards était une petite bull de Boston ; au moment de ses chaleurs, on avait eu beau l'attacher, elle avait creusé le sol au-dessous de la clôture, déchiqueté la haie de vieux bambous et coupé la corde avec les dents pour aller divaguer. On savait donc parfaitement ce qu'il en serait des petits, mais pourtant, quand la domestique vint le chercher, il s'éveilla comme un médecin.

« Passe-moi les ciseaux et du coton. Va vite couper le lien de paille du tonneau de saké. »

En ce début d'hiver, un soleil matinal éclairait le sol de la cour ; il régnait une fraîcheur nouvelle. La chienne s'étendit dans un rayon chaud. Un sac de la forme et de la couleur d'une aubergine commençait à lui sortir du ventre. Elle regarda son maître d'un air suppliant en agitant faiblement la queue ; il en éprouva comme une sorte de remords.

Elle avait eu ses premières chaleurs à la saison précédente, et son corps n'était pas encore tout à fait formé. Ses yeux trahissaient son incompréhension.

« Mais que se passe-t-il donc en moi ? Je ne comprends rien, mais je trouve cela bien encombrant. Que dois-je faire ? » Elle montrait un peu d'embarras, peut-être une certaine honte, et ne semblait pas éprouver qu'elle fût pour quoi que ce soit dans cet événement.

C'est ainsi qu'il se rappelait Chikako, lorsqu'il l'avait

connue dix ans plus tôt. Elle montrait alors, en se vendant à lui, la même expression que cette chienne.

« Serait-ce vrai que, petit à petit, on devienne frigide dans ce métier-là ?

— Ce n'est pas impossible. Mais si tu rencontres un homme que tu aimes... D'ailleurs, deux ou trois habitués... je ne dirais pas « ce métier-là ».

— Mais vous, je vous aime vraiment !

— Et pourtant tu ne...

— Oh si ! si !

— Ah !

— Seulement, quand je me marierai, on saura tout.

— Eh oui.

— Que faire pour qu'on n'en sache rien ?

— Comment étais-tu, jadis ?

— Et votre femme, comment était-elle ?

— Bah...

— Si, si, dites !

— Je n'ai pas de femme », dit-il, un peu surpris en voyant son regard si sérieux.

Elles se ressemblent, voilà pourquoi j'éprouve des remords, se dit-il en emportant la chienne dans ses bras pour l'installer dans une caisse où mettre bas.

Il naquit tout de suite un petit enveloppé dans un sac. La mère ne semblait pas savoir s'y prendre. C'est lui qui fendit le sac et coupa le cordon d'un coup de ciseaux.

Le sac suivant était grand ; on y voyait, baignant dans un liquide opaque, deux chiots dont les couleurs évoquaient celles de la mort. Il les emballa rapidement dans une feuille de journal. Trois autres naquirent ensuite, chacun dans son sac. Le septième et dernier gigotait, mais il apparaissait mal venu ; après un coup d'œil rapide, il l'empaqueta sur-le-champ.

« Jette-les quelque part », dit-il. En Occident, on supprime les chiots les moins bien constitués — excellente méthode pour ne garder qu'une belle portée, mais les

Japonais sont beaucoup trop sentimentaux pour agir ainsi. « Un œuf cru pour la mère ! »

Alors il se lava les mains et se recoucha. Sa poitrine se gonflait de joie quand naissaient de nouvelles vies. Oubliant qu'il venait de tuer lui-même un petit, il aurait aimé sortir et marcher dans la rue.

Cependant, un matin, quand il ouvrit les yeux de très bonne heure, un des chiots était mort. Il le saisit du bout des doigts et le glissa dans l'entrebâillement de son kimono pour le jeter en allant se promener. Deux ou trois jours après, il en découvrit un autre qui gisait, tout froid. La chienne, en grattant et en retournant la paille avant de dormir, l'avait recouvert et le chiot n'avait pas eu la force de se dégager. Elle se couchait sur la paille qui les abritait, au lieu de les sortir dans sa gueule, et ils suffoquaient ou mouraient de froid pendant la nuit.

Cette chienne se comportait comme certaines femmes qui sont des mères très bêtes et qui étouffent leurs enfants contre leurs seins.

« Tiens ! Encore un ! » Glissant avec naturel le minuscule cadavre dans son vêtement, il siffla les chiens pour les promener dans le parc tout proche. Soudain, la vue de la chienne qui bondissait de joie, sans savoir apparemment qu'elle venait de causer la mort de son petit, évoqua de nouveau Chikako.

Quand elle avait dix-neuf ans, un spéculateur l'avait emmenée jusqu'à Harbin où elle avait pris des leçons de danse avec une Russe blanche pendant près de trois ans. Cet homme n'ayant rencontré que des échecs dans toutes ses entreprises avait, semble-t-il, perdu tout courage. Après avoir fait admettre Chikako dans une troupe de musiciens en tournée à travers la Mandchourie, lui-même s'était à grand-peine rapatrié.

La jeune femme l'avait quitté peu après son retour à Tokyo pour épouser un accompagnateur de la tournée.

Par la suite, elle se produisit en public, organisant elle-même des spectacles de danse.

Lui qui comptait à cette époque-là parmi les personnalités du monde du spectacle et qui passait pour mélomane — se contentant, en vérité, de financer chaque mois une revue musicale — il hantait concerts et récitals, mais surtout pour bavarder avec ses relations. Il vit ainsi danser Chikako. La vitalité sauvage qui se dégageait de ce corps impur le fascina. Par quel secret, s'interrogeait-il, s'était-elle ainsi recréée dans cette sauvagerie ? Très intrigué, la comparant avec ce qu'elle avait été six ou sept ans plus tôt, il en arrivait à se demander comment il ne l'avait pas épousée.

Pourtant, dès la quatrième séance, cette vitalité lui parut très émoussée. Il s'empressa vers la loge. Chikako se démaquillait avant d'enlever son costume de scène. Il la tira par la manche et la traîna vers la demi-obscurité des coulisses.

« Laissez-moi donc ! Si l'on m'effleure seulement les seins, on me fait mal !

— Ah, ce n'est pas bien ! Tu es folle !

— Mais j'aime beaucoup les enfants ! J'ai toujours souhaité en avoir un à moi !

— Aurais-tu l'intention de l'élever ? Quelle faiblesse ! Et ta carrière, après cela ? Que ferais-tu donc d'un enfant ? Il fallait prendre des précautions, voyons !

— Mais je ne pouvais pas faire autrement.

— Quelle sottise ! Qu'un artiste agisse ainsi, tout bêtement... C'est impossible. Qu'en pense ton mari ?

— Il est enchanté. Il l'aime déjà beaucoup.

— Hum.

— Après la vie que j'ai menée jadis, avoir un enfant... J'en suis tellement heureuse !

— Tu devrais renoncer à la danse.

— Ah non ! »

Sa voix décelait une violence inattendue. Il se tut.

Néanmoins, Chikako n'eut pas d'autre enfant ; au

bout d'un certain temps, l'on ne vit plus celui qu'elle avait eu, et qui fut peut-être cause de la tristesse et des orages de sa vie conjugale. Le bruit en courut, du moins, et parvint jusqu'à lui.

Chikako ne pouvait donc être indifférente à son enfant, semblable en ce point, de la chienne.

Il se rendait compte qu'il aurait pu, s'il l'avait voulu, sauver les chiots ; après le premier accident, éviter les autres. Il suffisait de hacher la paille plus menu, de disposer une étoffe dessus. Pourtant le dernier survivant mourut à la façon de ses trois frères. On ne saurait dire qu'il eût souhaité ces morts, mais enfin, la vie de ces petites bêtes ne lui avait pas paru bien nécessaire. Cette indifférence totale venait sans doute de ce qu'il s'agissait de bâtards.

Souvent quelque chien vagabond le suivait. Alors, en rentrant, il lui parlait tout le long du chemin, le nourrissait, le faisait coucher au chaud. Ces rencontres lui donnaient à croire que les chiens sentaient la bonté de son cœur, ce qui le ravissait. Cela, du moins, se passait avant qu'il n'élevât lui-même des chiens ; maintenant, il n'accordait plus un regard à ceux qu'il rencontrait.

Les hommes n'agissent pas autrement ; il les méprisait, eux et leurs familles, mais n'en raillait pas moins sa propre solitude.

A l'égard du petit de l'alouette, il avait éprouvé des sentiments du même ordre. La miséricorde bouddhique consiste à faire vivre, à protéger, mais sa compassion s'était dissipée bien facilement, car à quoi bon prendre la peine d'élever un oiseau dénué d'intérêt ? Il l'abandonna donc aux jeux des enfants. Le temps de jeter un coup d'œil à cet oisillon, voilà que son couple de roitelets, qui prenaient leur bain, se trouvait en péril.

Surpris, il dégagea la cage du baquet. Les deux oiseaux gisaient au fond, comme des chiffons mouillés.

Il les posa sur ses paumes : un frisson convulsif agita leurs pattes.

« Quelle chance, s'écria-t-il rasséréné, ils vivent ! »

Il les maintint au-dessus du brasero pour les réchauffer. Yeux clos, refroidis jusqu'au tréfonds de leurs petits corps, les oiseaux ne semblaient pas devoir revenir à la vie. Rajoutant de la braise, il la fit éventer par la domestique. Un peu de vapeur s'élevait des plumes des roitelets qu'un spasme agita. Ces petites bêtes, espérait-il, allaient trouver, dans le choc que cette chaleur brûlante leur infligerait, le sursaut de force leur permettant de lutter contre la mort.

Cependant, ses mains ne supportant plus la chaleur, il déposa les oiseaux sur une serviette, au fond de la cage qu'il maintint au-dessus du feu. La serviette roussissait, les oiseaux roulaient par soubresauts sur eux-mêmes, ailes écartées, comme s'ils recevaient des coups, mais lorsqu'il éloigna la cage du feu, les oiseaux restèrent couchés, sans que rien puisse faire espérer qu'ils se remettent. La domestique alla pourtant questionner les voisins qui élevaient des alouettes ; ceux-ci lui conseillèrent de donner aux oiseaux du thé, puis de les envelopper dans du coton. Il les garda donc un moment, enveloppés de ouate, dans ses mains et plaça leur bec dans du thé froid, et ils en burent, puis il les approcha d'un peu de salade hachée, dans laquelle ils se mirent à piquer.

« Ah ! les voilà ressuscités ! »

Quelle joie fraîche ! Reprenant ses esprits, il se rendit compte qu'il s'affairait depuis quatre heures et demie à sauver les oiseaux.

Seulement, quand ils tentèrent de se poser sur le perchoir, ils tombèrent à plusieurs reprises : on aurait dit que leurs griffes ne s'ouvraient plus. Il les attrapa pour passer le doigt sur leurs pattes et les trouva crispées, dures. Allaient-elles se briser comme de petites branches mortes ?

« Est-ce que vous ne les auriez pas brûlées, tout à l'heure ? »

Maintenant qu'on le lui faisait remarquer, la couleur des pattes lui parut ternie, changée. Il se fâcha d'autant plus qu'il se trouvait dans son tort.

« Comment veux-tu qu'ils se soient brûlé les pattes quand je les tenais dans les mains ou quand je les ai posés sur la serviette ! S'ils ne sont pas guéris demain, tu passeras chez l'oiselier lui demander conseil. »

Il s'enferma dans le bureau pour réchauffer les pattes des oiseaux dans sa bouche, éprouvant une telle sensation sur la langue que les larmes lui montèrent aux yeux. Bientôt après, la sueur de ses paumes humectait les ailes. Les doigts, si délicats, n'auraient pas supporté de traitement brutal ; mouillés par la salive, ils retrouvaient un peu de souplesse. D'abord, avec d'infinies précautions, il en dépliait un, puis il essayait de percher l'oiseau sur son index. Ensuite il portait à nouveau les pattes à sa bouche. Il dégagea le perchoir de la cage au fond de laquelle il posa la soucoupe contenant quelques aliments, mais les oiseaux paraissaient encore éprouver de la difficulté à se nourrir en se tenant sur leurs pattes raidies.

« L'oiselier pense aussi que vous leur avez brûlé les pattes, dit le lendemain la domestique au retour du magasin. Il paraît que le mieux serait de les leur chauffer avec du thé — quoique en général les oiseaux se soignent tout seuls, en se donnant des coups de bec. »

En effet, ils se picotaient vivement, avec l'énergie d'un pic-vert, ou bien étiraient leurs doigts avec leur bec et tentaient bravement de se mettre debout. « Eh bien, mon pied, qu'y a-t-il ? Courage ! » semblaient-ils dire.

La vitalité de ces petits êtres s'avérait tellement intense qu'ils paraissaient presque mettre en doute le mal qui frappait une partie de leur corps. Lui, tout attendri, se sentait l'envie de leur adresser des paroles d'encouragement. Il leur trempait les pattes dans du thé, mais quand il les portait à la bouche, les oiseaux en éprouvaient visiblement un plus grand soulagement.

Ces deux roitelets n'étaient pas apprivoisés ; d'abord si farouches qu'ils se débattaient avec violence quand on les prenait, ils ne s'effrayaient plus, un ou deux jours après leur accident et, bien au contraire, picoraient et chantaient gaiement dans la main, ce qui lui inspirait encore plus de pitié.

Cependant, tous les soins demeuraient sans effet, et il commençait à se lasser. Les pattes des roitelets se couvraient de fiente ; le matin du sixième jour, ils moururent tous deux.

La mort d'un oiseau est bien légère. En général, on trouve le cadavre dans la cage au matin.

Les premiers qui moururent chez lui furent des paons. Une nuit, des rats avaient arraché la queue des deux oiseaux d'un couple qu'il gardait. La cage en était ensanglantée. Le mâle succomba le lendemain. La femelle survécut longtemps, mais les mâles qu'on lui fournit moururent tour à tour. Son croupion pelait, rouge comme un derrière de singe. Elle s'affaiblit et finit par mourir.

« Les paons n'ont pas l'air de se trouver bien chez moi, je n'en veux plus. »

Il n'avait jamais aimé les paons et autres oiseaux pour jeunes filles, ni les oiseaux exotiques que les Occidentaux élèvent et nourrissent de graines, préférant la sobriété rustique de ceux de son pays, qui mangent de la pâtée. Les chanteurs au ramage brillant, alouette, rossignol ou canari ne lui plaisaient pas davantage. S'il avait élevé des paons, c'est que le marchand lui en avait laissés ; s'il en avait racheté plusieurs, c'est que l'un des premiers était mort.

Prenons les chiens, par exemple : après avoir eu des colleys, on continue de préférence avec la même race, comme on aime les femmes qui vous rappellent votre premier amour, au point de vouloir, pour finir, en épouser une qui ressemble à celle qu'on a perdue. Tout cela ne procède-t-il pas du même sentiment ? Vivre avec les animaux, c'est aimer seul, dans un libre orgueil. Il cessa d'élever des paons.

Une bergeronnette jaune, morte après le paon, évoquait — flancs jaunes striés de vert, ventre jaune et silhouette fine — l'élégance d'un clair bosquet de bambous. Et puis, surtout, elle le connaissait bien. Elle lui mangeait volontiers dans la main, même sans appétit, battant légèrement de ses ailes entrouvertes. Parfois, en guise de plaisanterie, elle faisait mine de picorer les grains de beauté qui marquaient son visage. Il l'avait donc un jour laissée seule au salon, mais elle s'était tant gavée de miettes de gaufres qu'elle en mourut. L'envie d'en acheter une autre lui passa bientôt et il installa dans la cage un rouge-gorge, oiseau dont il n'avait pas l'expérience.

Dans l'accident des roitelets, leur noyade et leurs brûlures, il se reconnaissait fautif ; voilà peut-être la cause d'un attachement pour cette espèce dont il ne pouvait se défaire. Le marchand lui en livra bientôt un autre couple. Bien sûr, c'est une toute petite race, mais fallait-il qu'ils subissent les mêmes épreuves, alors qu'il surveillait lui-même leur bain ?

Quand on sortit la cage du baquet, les oiseaux ne paraissaient pas aussi mal en point que les précédents ; tout tremblants, les yeux clos, ils tenaient pourtant debout. Il saurait prendre garde, cette fois, à ne pas leur brûler les pattes.

« Allons bon ! Encore ! Allume le feu ! fit-il d'un air dégagé, malgré la honte qu'il ressentait.

— Mais, monsieur, ne vaudrait-il pas mieux les laisser mourir ? »

Il sursauta, choqué.

« Voyons, ce n'est pas comme la dernière fois. Ils vont se remettre sans difficulté.

— Ils ne vivraient quand même pas longtemps. Je souhaitais vivement que les autres meurent le plus vite possible. Ils avaient les pieds tellement...

— On pourrait les sauver, si l'on voulait.

— Il vaut mieux les laisser mourir en paix.

— Crois-tu ? »

Une telle faiblesse le prit qu'il crut soudain s'évanouir. Il monta sans dire mot jusqu'à son bureau du premier étage, posa la cage sur la fenêtre ensoleillée, puis contempla d'un air absent l'agonie des oiseaux.

Comme il aurait souhaité que, sous l'influence bénéfique du soleil, ses roitelets se remettent ! Triste, sans se l'expliquer, il se sentait jauger froidement la condition dérisoire de l'homme. De toute façon, il ne pouvait faire toute une histoire pour les sauver, comme la dernière fois.

Les roitelets ayant fini par mourir, il sortit de la cage les cadavres mouillés, les garda sur ses paumes un moment, puis les remit dans la cage qu'il fourra dans un placard. Il descendit alors au rez-de-chaussée, disant simplement à la domestique : « Ils sont morts. » Les roitelets, aussi fragiles que menus, meurent d'un rien, mais des oiseaux de la même famille, des mésanges, des troglodytes, se portaient fort bien chez lui. Voilà pourtant deux fois qu'il avait tué ses roitelets en leur faisant prendre un bain. Les roitelets auraient-ils du mal à vivre où des paons sont morts ? se demanda-t-il. Serait-ce une fatalité ?

« Qu'on ne me parle plus de roitelets », dit-il à la domestique en riant. Il alla s'étendre dans le pavillon de thé, se laissa tirer les cheveux par des chiots puis, choisissant parmi les seize ou dix-sept cages qui se trouvaient là celle qui contenait le petit duc, il l'emporta dans son bureau.

A la vue du visage de l'homme, les yeux ronds de l'oiseau prirent une expression furibonde. Enfonçant la tête dans les épaules, la tournant sans arrêt de droite et de gauche, il se mit à souffler, à claquer du bec. Il ne mangeait jamais quand on le regardait. Lui proposait-on quelque morceau de viande du bout des doigts, il s'en emparait violemment, mais le laissait pendre au coin de son bec sans l'avaler.

Lui, s'entêtant dans un concours de patience, resta jusqu'au lever du jour à côté du petit duc mais, à cause de cette présence, celui-ci, figé dans son immobilité, n'accordait même pas un regard à la nourriture. Pourtant, vers l'approche de l'aube, sans doute tenaillé par la faim, l'oiseau s'approcha de la viande. Lui, tournant la tête au bruit des pas sur le perchoir, le surprit ; les plumes du crâne dressées, une expression d'extraordinaire sournoiserie dans les yeux mi-clos, le rapace tendait le cou vers son repas mais, relevant brusquement la tête, il souffla haineusement vers l'homme avant de reprendre l'air de rien. Lui, feignit de regarder ailleurs. Quelques moments après, il entendit de nouveau l'oiseau. Leurs regards se rencontrèrent. L'oiseau quitta derechef sa nourriture. Cela se répétait quand, déjà, la pie-grièche se mit à chanter avec véhémence la joie du matin. Quant à lui, bien loin de détester le petit duc, il en fit sa distraction, sa consolation.

« Justement, je m'interroge : trouve-t-on des domestiques dotées d'un caractère semblable ?

— Tu t'interroges ? Mais tu n'es donc pas totalement dépourvu de modestie ? »

Il fronça les sourcils, détournant déjà de l'ami son visage pour interpeller la pie-grièche : Ki ! ki ! ki !

Elle répondit d'une voix forte et claire, semblant se libérer de tout ce qui l'entourait.

La pie-grièche est un rapace, comme le petit duc, mais celle-là, toujours nourrie de la main de l'homme, se montrait familière et coquette. Au bruit des pas qui approchaient, ou même s'il toussait, elle l'accueillait bruyamment. Quand elle sortait de la cage, elle se perchait sur son épaule ou ses genoux, battant des ailes dans sa joie.

Il la posait, en guise de réveille-matin, près de la tête de son lit. Dès l'aube, s'il se retournait, s'il bougeait la main, s'il arrangeait son oreiller, même s'il avalait sa salive, l'oiseau poussait un cri. Bientôt après, elle l'arrachait impudemment au sommeil, mais d'une voix agréable, un éclair qui transperce le matin de la vie.

Après quelques échanges de propos, il était bien réveillé. La pie-grièche se mettait à chanter paisiblement, imitant différents oiseaux.

« Béni soit le jour nouveau ! » Voilà ce que lui suggérait la pie-grièche, hérault du matin. D'autres oiseaux enchaînaient avec leur ramage. Lui, encore en pyjama, présentait de la pâtée, du bout des doigts, à l'oiseau plein d'appétit qui le mordait vivement, mais cela devait aussi se comprendre comme une marque d'affection.

S'il devait coucher hors de chez lui, s'il voyageait, alors il rêvait de ses bêtes et cela l'éveillait. D'ailleurs, il s'absentait rarement. Sans doute à cause de ses habitudes, il s'ennuyait tant tout seul, dès qu'il sortait pour rendre une visite ou faire quelque achat qu'il revenait sur ses pas, avant même de parvenir à mi-chemin. Faute de compagnie féminine et faute de mieux, il se faisait parfois accompagner par sa petite domestique.

Même pour aller voir Chikako danser, il l'avait emmenée, portant un panier de fleurs ; ainsi ne pourrait-il dire : « C'est fini, rentrons », et rebrousser chemin.

Cette représentation, qu'organisait un journal, se présentait comme une sorte de concours. Une quinzaine de danseuses allaient se produire. Il n'avait pas vu danser Chikako depuis deux ans et, cette dernière fois, devant la déchéance de son art, il avait détourné les yeux. A la force sauvage avait succédé le maniérisme vulgaire. La structure élémentaire de la danse s'était abâtardie, le corps de la danseuse avachi.

Quoi qu'en eût dit le chauffeur... Il avait bel et bien rencontré cet enterrement ; les cadavres de roitelets se trouvaient encore chez lui. En se donnant pour prétexte d'éviter de jeter un mauvais sort à l'artiste, il envoya la domestique porter le panier de fleurs dans la loge, mais elle revint en disant que Chikako voulait absolument lui parler. Depuis qu'il l'avait vue danser, il lui était trop pénible de lui parler longuement. Il préféra profiter de l'entracte. Cependant, à l'entrée de la loge, il eut un haut-le-corps et se dissimula bien vite derrière la porte.

Chikako se faisait maquiller par un jeune homme.

Silencieuse, les yeux clos, la tête renversée en arrière, elle s'abandonnait. Le visage blanc, immobile, un visage de poupée sans vie, sur lequel les lèvres, les sourcils et les cils n'étaient pas encore tracés, évoquait parfaitement un masque mortuaire.

Une dizaine d'années auparavant, il avait tenté de se suicider avec elle. A cette époque-là, il répétait à tout bout de champ qu'il voulait mourir, cela devenait une manie, ce qui indiquait assez qu'il ne trouvait pas de motif précis pour disparaître. C'était une pensée flottante, la fleur des écumes de cette vie si longtemps solitaire entre ses animaux. Ne trouverait-il pas en Chikako la compagne rêvée pour mourir, cette fille qui vivait sans vivre, comme s'il fallait que d'autres lui apportent l'espoir du dehors ? En effet, avec son air de ne rien comprendre à ce qu'elle faisait, Chikako lui donna son accord. Elle ne posa qu'une condition :

« Attachez-moi les jambes ensemble solidement. Je me suis laissé dire qu'en mourant on gesticule. »

En les liant avec une cordelette, il s'était étonné, mais un peu tard, de leur beauté. « On dira, pensa-t-il, que je suis mort avec une belle fille. »

Elle s'était étendue, lui tournant le dos, fermant les

yeux innocemment, tendant un peu le cou, puis joignant les mains. Il reçut alors l'intuition fulgurante de la miséricorde du néant.

« Ah ! Il ne faut pas mourir ! »

L'intention ferme de tuer comme celle de mourir lui avait toujours manqué, bien entendu. Chikako avait-elle été sincère ? Avait-elle joué la comédie ? Jamais il n'en avait rien su : elle n'avait paru ni sincère, ni comédienne. Cela s'était passé par un après-midi de plein été.

Il avait ressenti, sans pouvoir se l'expliquer, un tel étonnement qu'il ne lui arriva plus jamais de songer au suicide ni d'aborder le sujet. De toute façon — et cette pensée résonna dans son cœur en la voyant —, il conservait beaucoup de gratitude à la jeune femme.

Ce visage, entre les mains du jeune homme qui la maquillait, lui rappelait son visage de jadis, quand elle avait joint les mains, le visage qu'il évoquait dans ses rêveries. Même en pleine nuit, il retrouvait, chaque fois qu'il évoquait cette Chikako-là, l'illusion de baigner dans un ruissellement de lumière blanche, en plein été.

« Mais pourquoi m'être soudain caché derrière la porte ? » se demanda-t-il en se retrouvant dans le couloir. Un homme qu'il ne parvenait pas à situer vint lui dire bonjour d'un air amical.

« C'est admirable ! Après avoir vu plusieurs danseuses, on apprécie son talent à sa juste valeur ! fit le quidam avec exaltation.

— Ah ! » Il reconnut l'accompagnateur, le mari de Chikako.

« Je voulais justement venir vous saluer. Je dois vous avouer que nous avons divorcé vers la fin de l'année dernière. Néanmoins, pour moi, la danse de Chikako l'emporte sur toutes les autres. Comme c'est beau ! »

Sans se l'expliquer, lui, s'affolant, cherchait quelque adoucissement. Une phrase lui revint alors à l'esprit : trouvant son plus grand plaisir dans la lecture d'écrits de jeunes gens, il lisait à cette époque les extraits des souvenirs d'une jeune fille morte à seize ans. La mère, après avoir maquillé le visage de la morte, avait inscrit à la fin du journal intime, au dernier jour :

« Le visage peint pour la première fois, comme une mariée. »

1933.

RETROUVAILLES

Après la défaite, la vie d'Atsugi Yuzo sembla commencer le jour de sa rencontre avec Fujiko ; peut-être serait-il plus juste de parler d'une rencontre avec lui-même.

Ah ! Vivre... En l'apercevant, Yuzo s'étonna, mais d'un étonnement élémentaire vide de toute joie, de toute peine. En cet instant, il ne la ressentit ni comme un être humain, ni comme un objet : il se trouvait en présence de son passé, un passé au visage de cette femme, qui avait fini par lui devenir irréel. Pourtant, si le passé revenait sous cette forme bien concrète, ce devait être le présent.

Quelle surprise de voir, sous ses yeux, le passé rejoindre le présent !

Coupant le passé du présent de cet homme : la guerre. Elle expliquait sans doute ce léger ahurissement ; disons plutôt qu'il ne s'attendait pas à voir resurgir ce qu'elle avait enterré. Les grandes eaux tumultueuses des massacres, des destructions, ne peuvent donc anéantir ces riens qui ont existé entre un homme et une femme ?

Pour Yuzo, découvrir Fujiko vivante, ce fut se retrouver en vie.

Il s'était séparé de cette femme comme de son passé, sans histoires, et croyait avoir pu les oublier, femme et passé ; pourtant, depuis la naissance, on n'a qu'une seule vie !

Deux mois environ s'étaient écoulés depuis la reddition. En ce temps, il semblait que le temps lui-même fut mort. La plupart des gens se noyaient dans un tourbillon. Le passé, le présent et l'avenir de la nation et des individus s'y désagrégeaient, en un délire confus.

A la sortie de la gare de Kamakura, Yuzo, levant les yeux vers les grands pins de l'avenue Wakayama, fut sensible à l'harmonie des saisons qui s'écoulaient avec régularité près des cimes. Dans Tokyo ravagé par les feux de la guerre, on aurait eu tendance à laisser passer les jours sans prêter attention au rythme de la nature. Les pins desséchés y portaient, çà et là, les couleurs d'une maladie sinistre. Ici, les rangées d'arbres restaient presque toutes bien vivantes.

Une carte postale d'un ami de Kamakura lui signalant un festival au sanctuaire d'Hachiman de Tsurugaoka l'avait attiré. Placé sous l'invocation du poète Sanetomo, ce festival prouverait — du moins on l'espérait — que le dieu de la guerre, Hachiman, avait apporté le renouveau. Depuis le retour de la paix, on ne voyait plus dans ce sanctuaire les foules animées se presser en longs défilés, pour demander la fortune martiale ou la victoire.

Arrivé devant le bureau de l'administration du temple, Yuzo s'émerveilla devant une bande de jeunes personnes en kimonos à manches longues. Seulement, la plupart des gens traînaient toujours de vieux uniformes, les accoutrements usés sous les bombardements ; alors les couleurs de ces kimonos paraissaient un peu voyantes.

Des soldats des troupes d'occupation avaient été conviés au festival : les jeunes filles devaient leur servir le thé. Sans doute ces militaires, fraîchement débarqués, voyaient-ils des kimonos pour la première fois. Ils les trouvaient étranges et les photographiaient avec intérêt.

Yuzo estimait presque impensable que ces costumes aient encore été dans les mœurs deux ou trois ans plus tôt. Comme on le plaçait pour la cérémonie du thé, qui se déroulait en plein air, dans un bosquet, il s'étonnait de la hardiesse de ces jeunes filles, accoutrées si gaiement au milieu de ce public pitoyable et triste.

Ces tenues hautes en couleur n'étaient pas sans influer sur le visage et l'attitude de celles qui les portaient, et cela commençait à l'éveiller, lui, de ses songeries.

Les Américains, sagement alignés devant les étroites tables de bois nu que l'on voit souvent dans les sanctuaires, montraient une innocente curiosité. Des fillettes d'une dizaine d'années apportèrent du thé. Empreintes, dans leur petitesse, de solennité, de rigueur, par leurs toilettes et leurs manières, elles évoquaient les acteurs-enfants du théâtre d'autrefois.

Les manches traînantes, l'obi relevé d'une fille plus grande le frappèrent par leur caractère anachronique. Ces demoiselles devaient être de bonne famille, elles étaient saines et elles produisaient pourtant une impression déplorable. Les dessins et les couleurs des étoffes qu'elles portaient paraissaient maintenant à Yuzo vulgaires et même barbares. Comme la technique et le sens artistique de ceux qui confectionnaient ces kimonos avant-guerre, le goût de ceux qui les portaient avait dégénéré ! se dit-il. Son impression fut encore renforcée plus tard quand il compara ces vêtements à ceux des danseuses.

Le spectacle se déroulait sur une scène, devant le sanctuaire. Jadis les danseuses portaient des robes exceptionnelles, et les jeunes femmes de très ordinaires ; puis celles des jeunes femmes étaient devenues très exceptionnelles aussi. Ce n'était pas moins vrai des coutumes, des manières d'avant-guerre et même des formes féminines que l'on montrait trop. En revanche, les costumes de danse, aux teintes profondes, restaient pleins de dignité.

La danse d'Urayasu, la danse du dieu Shishi, celle de Shizuka, celle de l'Admiration des Fleurs — tous ces aspects d'un Japon désormais anéanti vibraient dans la poitrine de Yuzo comme le son d'une flûte.

Une partie des places retenues était réservée pour les troupes d'occupation. Yuzo fut, avec d'autres, placé près du grand gingko millénaire qui jaunissait un peu. Les enfants de l'arrière envahissaient les sièges des invités ; misérablement vêtus, ils formaient un fond sur lequel se détachaient, comme des fleurs, les kimonos aux longues manches des jeunes filles. Les rayons du soleil transperçaient le bosquet de sapins en biais et bordaient d'un trait de lumière le portique rouge de la scène.

Une courtisane qui venait d'exécuter la danse d'Admiration des Fleurs descendit de l'estrade, quitta quelque amant et s'éloigna seule. Sa robe traînait sur le gravier. Yuzo, qui la suivait des yeux, en ressentit une soudaine mélancolie. Le bord arrondi, rembourré de ouate, la doublure de soie d'une teinte profonde exposée, le kimono de dessous d'une couleur claire qui dépassait — ce bas de robe qui évoquait la peau d'une belle Japonaise et traînait somptueusement à terre, comme pour illustrer le destin galant de la courtisane, lui parut d'une beauté touchante. Cette image éveillait en lui des élans de tristesse mêlée de volupté, délicate mais sans pitié.

L'enclos du temple, dans sa paix, évoquait un paravent à fond doré.

La danse de Shizuka Gozen devait être d'un style médiéval, et la danse Genroku plus moderne ; néanmoins, si proche de la défaite, Yuzo ne conservait aucun discernement en ce domaine.

Il fixait ses regards sur le spectacle quand le visage de Fujiko se dessina soudain dans son champ visuel.

Il en eut le souffle coupé. Oh, non ! fit-il stupéfait, mais l'esprit pourtant absent. Il s'arma de circonspection, se disant que regarder plus longtemps par là ne lui vaudrait que des ennuis. Cependant, il ne parvenait point à ressentir cette femme comme un être animé, ni comme une chose nuisible, et resta d'abord passif, sans même détourner la tête.

A sa vue, l'accès de sentimentalité causé par la robe traînante de la danseuse s'était dissipé. Fujiko n'avait pourtant pas produit une très forte impression sur lui, mais en la trouvant reflétée dans le fond de ses yeux, objet qui surgit à la rencontre du temps et de la vie, il se faisait l'effet d'un homme qui retrouve ses esprits et reprend conscience du monde qui l'entoure. Une sensation de chaleur — la chaleur que dégage un corps vivant —, d'intimité, d'une rencontre avec une partie de son être même, montait allègrement en lui, par une fissure de son cœur.

Le visage de Fujiko suivait les évolutions de la danseuse avec une expression rêveuse. Que lui l'ait reconnue tandis qu'elle ne l'avait pas remarqué l'emplissait d'un étrange sentiment, et plus encore le fait qu'une vingtaine de mètres à peine les avaient séparés pendant le moment où ils étaient restés inconscients de leur mutuelle présence.

Soudain, peut-être à cause du regard vide de la jeune femme, Yuzo, sans plus délibérer, se leva, quitta sa place et lui posa la main sur le dos, comme pour éveiller une personne en état d'hypnose.

Oh ! fit-elle. Il sembla qu'elle allait s'affaisser lentement contre lui, mais elle se leva, toute droite et frémissante ; son tremblement se transmettait à la main de Yuzo.

« Que vous m'avez fait peur ! Vous êtes vivant ! Comment allez-vous ? » Fujiko restait immobile, tendue, mais il eut le sentiment qu'elle allait s'approcher pour qu'il la prenne dans ses bras.

« Où étiez-vous ?

— Pardon ? »

L'interrogeait-elle sur sa place au festival ? Lui demandait-elle ce qu'il avait fait pendant la guerre, après l'avoir quittée ? L'entendant au bout de plusieurs années, cette voix de femme, il oublia la foule qui les entourait : c'était un tête-à-tête avec Fujiko. Tout ce qu'il avait éprouvé en la revoyant refluait vers lui, renforcé de ce qu'elle l'avait aussi ressenti.

S'il renouait avec cette femme, il allait connaître encore les mêmes problèmes moraux, les mêmes difficultés quotidiennes. Seulement, ce serait de son plein gré qu'il aurait renouvelé cette liaison fatale.

En dépit de la vigilance qui lui revenait devant son visage, il reprit cette femme, franchissant un fossé d'un bond léger, agissant, lui semblait-il, dans le monde purifié de l'au-delà. Connaître la réalité pure, dégagée des contraintes... Jamais encore il n'avait éprouvé que le passé devienne vrai, tangible ; jamais il n'aurait imaginé que la sensation de nouveauté sensuelle qui avait jadis existé entre cette femme et lui puisse renaître.

Fujiko ne semblait pas s'engager dans la voie des reproches. « Vous n'avez pas changé ! Pas du tout !

— Allons donc !

— Oh non ! pas du tout ! c'est vrai. »

Elle en paraissait tellement émue que Yuzo répéta : c'est vrai ?

« Qu'êtes-vous devenu depuis que... »

Il cracha sa réponse : « J'ai fait la guerre.

— Quel mensonge ! Vous n'avez pas du tout l'air d'un homme qui a fait la guerre ! »

Autour d'eux, les gens riaient sous cape, et, loin d'en éprouver de la gêne, elle se mit à rire aussi. On s'amusait avec bienveillance de la rencontre fortuite de ce couple et Fujiko semblait tirer parti de cette ambiance.

Il en ressentit un embarras soudain. Alors, certains changements brièvement perçus lui devinrent plus évidents. Jadis un peu dodue, la jeune femme était très amaigrie, mais, surtout, ses longs yeux étroits brillaient d'un éclat peu naturel. Elle qui redessinait jadis ses minces sourcils auburn ne se mettait plus de noir. En dépit de ses joues creuses, décolorées, son visage paraissait plat : on le voyait tel que la nature l'avait fait. La peau blanche s'assombrissait un peu vers le cou. La fatigue se lisait au creux de la clavicule, et comme elle négligeait d'onduler ses cheveux fins, sa tête paraissait affreusement petite. Ses yeux seuls manifestaient l'émotion qu'elle ressentait à le revoir.

Leur différence d'âge − il l'observa − se remarquait moins que jadis, ce qui aurait pu lui inspirer un éloignement compréhensible, mais pourtant, sans qu'il se l'expliquât, ses battements de cœur juvéniles ne s'apaisaient pas.

« Vous n'avez vraiment pas changé », répétait Fujiko.

Il passa derrière la foule et elle emboîta le pas en observant son expression.

« Et votre femme ? »

Il ne répondit pas.

« Votre femme ? Comment va-t-elle ?

− Ça va.

− Quel bonheur ! Et les enfants ?

− Aussi. Je les avais fait évacuer.

− Ah ? Où cela ?

− A la campagne, près de Kofu.

− Vraiment ! Et votre maison ? L'avez-vous sauvée ?

− Non, tout a brûlé.

− C'est terrible ! La mienne aussi.

− Où ?

− A Tokyo, bien sûr.

− Comment ! Tu étais à Tokyo ?

− Où vouliez-vous que je sois ? Une femme seule... Je

n'avais aucun endroit où aller, aucun endroit où vivre ! »

Yuzo frissonna, le sol se dérobait sous lui.

« Cela ne voulait pas dire que, mourir pour mourir, autant valait mourir à Tokyo sans souci ! Pendant la guerre, qu'importait la manière dont on vivait, dont on s'habillait ! J'étais en bonne santé, j'étais... Enfin, je n'avais aucun droit de me plaindre.

— Tu n'es pas retournée dans ta province ?

— Est-ce que je pourrais jamais retourner dans ma province ? »

Par le ton, cette réponse en forme de question rejetait la faute sur lui, mais la jeune femme ne montrait aucune acrimonie ; sa voix n'était pas sans contenir un rien de coquetterie.

Quelle sottise que de rouvrir cette vieille blessure ! Yuzo ressentit quelque honte, mais Fujiko semblait vivre encore sous le choc de la guerre ; on pouvait craindre son réveil. Une fois encore, il s'étonna de sa propre lassitude. Il avait presque oublié, pendant le conflit, ses obligations envers cette femme. Qu'il ait pu s'en séparer, rompre un lien malheureux, devait s'expliquer par la violence des temps. La responsabilité morale, tissée par ces petits riens qui existent entre un homme et une femme, avait sans doute été balayée par le torrent furieux de la guerre.

Maintenant, la retrouvant dans cet état, il frémit en se demandant par quels moyens elle avait pu subsister, survivre aux vicissitudes de l'existence en cette époque. Peut-être avait-elle eu trop de soucis, elle aussi, pour nourrir des griefs. A en juger par son visage, son ancienne tendance à l'hystérie aurait disparu. Il ne parvenait pas à la regarder en face, mais ses yeux paraissaient un peu humides.

S'ouvrant à coups de coudes un chemin dans la foule des enfants, derrière les sièges réservés, Yuzo parvint au grand degré de pierre, devant le sanctuaire, gravit cinq ou six marches et s'assit. Fujiko resta debout, jetant, vers le bâtiment qui se dressait derrière elle, un regard :

« Maintenant, il ne vient presque plus personne en pèlerinage dans ce sanctuaire ; mais aujourd'hui, que de gens !

— On ne l'a pas lapidé non plus, le sanctuaire du dieu de la guerre ! »

Après avoir tournoyé sans but autour de l'estrade, la foule virait sur le parvis, au pied du grand degré ; les abords du temple paraissaient bloqués. Une courtisane exécutant la danse de Genroku ! La fanfare américaine sur l'estrade du temple ! Pareille séance eût été, hier encore, inimaginable en ces lieux.

Les visiteurs n'avaient ni les vêtements, ni l'attitude qui convenaient pour ce festival ; cependant, à voir cette foule s'étirer depuis le bosquet, à côté des dépendances, jusqu'aux grands pins, le long des rangées de cerisiers, près du *torii,* le portail monumental, l'air pur de l'automne vous gonflait la poitrine.

« C'est heureux que Kamakura n'ait pas été rasé, n'est-ce pas ? Quelle différence... Il y a des arbres, des paysages, c'est bien l'aspect du vieux Japon. L'allure des jeunes filles m'a choquée.

— Qu'as-tu pensé de ces kimonos ?

— Elles ne peuvent pas prendre le tramway, vous savez. Pourtant, jadis, moi, je le prenais bien, le tramway ; j'allais me promener en ville avec des vêtements de ce genre, dit Fujiko, baissant les yeux vers Yuzo ; puis venant s'asseoir près de lui : en regardant ces kimonos, je sentais une certaine joie de vivre, mais ensuite, quand je réfléchis, j'éprouve le sentiment de vivre dans l'inconscience. C'est triste. Je comprends mal ce que je suis devenue.

— Nous en sommes tous là », dit Yuzo, détournant la conversation.

Fujiko portait un pantalon — un *mompé* — bleu

marine à motifs blancs, probablement taillé dans de vieux vêtements d'homme. Yuzo se souvint d'avoir aussi porté des habits du même dessin.

« Votre femme, votre famille, sont à Kofu, et vous êtes seul à Tokyo ?

— Oui.

— Vraiment, c'est gênant pour vous !

— Eh bien, c'est gênant pour moi comme pour tout le monde !

— Est-ce que j'étais comme tout le monde, moi ? »

Yuzo ne répondit rien.

« Est-ce que votre femme va bien, comme tout le monde ?

— Je le suppose.

— Elle n'a pas été blessée ?

— Non.

— Quelle chance ! Moi, un jour... pendant une alerte, il m'est arrivé de me demander ce qui se passerait s'il lui arrivait malheur, et que seule je sois épargnée. Car c'est une question de hasard, n'est-ce pas ? de hasard ? »

Yuzo frissonna, mais Fujiko s'expliquait d'une petite voix modeste : « Je m'inquiétais pour elle. Et pourquoi donc moi, qui courais alors de si grands dangers, me souciais-je de votre femme ? Je me trouvais idiote, mais cela n'y changeait rien. Je me disais : après la guerre, quand je pourrai le rencontrer, j'aimerais le voir rien que pour lui raconter cette pensée que j'ai eue. Je me demandais si vous me croiriez, ou si vous resteriez sceptique... Il est vrai, pourtant, que pendant la guerre j'ai oublié mes soucis et prié pour les autres. »

Cela rappelait à Yuzo ce qu'il avait aussi ressenti : que l'extrême abnégation et l'extrême égoïsme se confondaient parfois, en un curieux mélange : de la critique de soi-même à la fatuité, de l'altruisme à l'exclusif souci de ses intérêts, de la bienveillance à la méchanceté, de la torpeur à l'excitation. Fujiko, tout en espérant la mort accidentelle de sa rivale, avait pu néanmoins prier pour sa sauvegarde ; rester ensuite fascinée par sa propre bonté de cœur, et bien inconsciente des mauvais côtés de sa nature. Fallait-il pourtant ne voir là qu'une des facettes de la vie, qu'une suspension de l'être en temps de guerre ?

On la sentait sincère. Des larmes jaillissaient au coin de ses longs yeux étroits. « Je pensais que vous vous tourmentiez plus pour elle que pour moi ; je ne pouvais donc m'empêcher de me tourmenter aussi. »

Cette insistance à lui parler de sa femme ramena forcément les pensées de Yuzo de ce côté — mais là, les doutes l'assaillaient aussi. Les liens de la famille n'ont jamais inspiré tant d'enthousiasme que pendant la guerre. On aurait pu dire que cet homme, pour aimer sa femme, devait oublier sa maîtresse, mais qu'alors cette moitié-là de sa vie lui devenait chère d'une façon touchante. Seulement, à l'instant précis de sa rencontre avec Fujiko, c'est lui-même qu'il avait cru retrouver ; il évoqua sa femme au prix d'un effort — comme s'il devait franchir un espace de temps dilué. Néanmoins, sensible à la lassitude de son cœur, il se faisait l'effet d'un animal en errance avec sa femelle.

« Je vous retrouve à peine, alors je ne sais pas ce que je peux me permettre de vous demander... » La voix de Fujiko semblait traîner à sa suite, et le ligoter : « Ecoutez-moi, je vous prie ! »

Il ne répondit rien.

« Ecoutez-moi, je vous en prie. Donnez-moi de quoi vivre, s'il vous plaît !

— Quoi ! Te faire vivre ?

— Quelque temps, c'est tout. Je ne ferai pas d'histoires, je ne vous gênerai pas. »

Yuzo, malgré lui, fit la grimace : « Comment vis-tu, maintenant ?

— Je ne peux pas dire que je ne sois pas arrivée à me

nourrir. Non, mais je veux commencer une vie nouvelle ; je veux repartir de zéro, et repartir de vous.

— Repartir ? Tu veux dire recommencer, sans doute !

— Non, pas recommencer. Je voudrais seulement que vous me mettiez le pied à l'étrier. Je m'en irai bientôt, certes... C'est mauvais, ce genre de vie, mauvais pour moi, mais laissez-moi m'accrocher un tout petit peu. »

Quoi de vrai dans ce propos ? Voilà ce qu'il ne savait démêler. Il flairait le piège ingénieux, l'appel à sa pitié. Cette femme rejetée dans la guerre pourrait-elle véritablement trouver à travers lui la volonté de se préparer à une existence nouvelle ?

Yuzo devait reconnaître que cette rencontre avec son passé lui rendait le goût de la vie — mais n'aurait-elle pas décelé cette faiblesse ? En ce cas, cependant, sa demande eût été superflue. Yuzo sentait, en son for intérieur, son entraînement ; cependant, une humeur sombre l'envahissait à la pensée qu'il finirait bien par être tiré de sa dissipation pour mener une vie décente. Il baissa les yeux tristement.

On entendit applaudir la foule : casquée d'acier, la fanfare des troupes d'occupation faisait son entrée. Une vingtaine de musiciens escaladèrent l'estrade sans cérémonie.

Aux premières sonneries de cuivres à l'unisson, la poitrine de Yuzo se gonfla sous l'emprise d'une émotion brutale. La musique nette lui fouettait le sang, balayait ses nuages et le tirait de sa somnolence. Dans l'assistance, les visages s'animèrent. Plus que jamais, Yuzo s'étonna : quel pays gai, cette Amérique !

Ainsi violemment stimulé, Yuzo retrouva son assurance virile, qui simplifiait tout, même ses rapports avec cette femme, Fujiko.

Vers l'heure où tous deux traversèrent Yokohama, les teintes du soir, s'élevant du sol, semblaient absorber les ombres allégées, amincies. La puanteur de brûlé, si tenace dans les narines, se dissipait enfin. Les ruines mêmes, ces éternels réceptacles de poussière, se fondaient dans l'automne.

Yuzo, regardant les minces sourcils auburn de Fujiko, ses fines mèches, eut une pensée pour l'hiver tout proche. Il ne put retenir un sourire amer en songeant qu'en cette période dangereuse de sa vie d'homme, il devrait ajouter, au poids de ses propres difficultés, la charge de cette femme : un colis sur ses épaules. Mais parce que les saisons se succèdent toujours, même sur la terre calcinée, il ressentait aussi un étonnement ému qui, chez lui, devait favoriser une certaine propension à l'insouciance.

Yuzo ne s'en tint pas à son projet initial de descendre à la station de Shinagawa. Ayant passé d'un ou deux ans la quarantaine, il venait à penser que les souffrances et les tristesses de la vie se résolvent dans le cours du temps, que les obstacles et les difficultés tombent un beau jour d'eux-mêmes ; il en avait déjà vu pas mal. Qu'on se démène dans l'inquiétude et la folie, que l'on contemple en silence, les bras croisés, en fin de compte, le résultat sera le même. La guerre avait bien fini par se terminer ! et plus vite même qu'il n'aurait cru. Quatre ans, est-ce court pour une guerre pareille ? Doit-on le trouver trop long ? Il manquait de référence pour se prononcer. En tout cas, c'était fini.

Il avait bien compté se laver les mains du sort de Fujiko ; l'abandonner dans le cours du temps : ne l'avait-il pas quittée pendant la guerre ? A cette nouvelle rencontre, ces intentions lui revenaient un peu. Le conflit s'était achevé sur un de ces orages dont la violence sépare les couples. A la pensée d'avoir pu rompre sa liaison, il lui était arrivé parfois de ressentir un certain plaisir. Maintenant, l'égoïsme roublard qui le caractérisait tendait à se réaffirmer. Sa perplexité pouvait sembler plus honnête que sa joie de voir cet amour terminé, mais ses sentiments demeuraient confus.

« Nous sommes à Shimbashi, l'avertit Fujiko.

— Tu vas à la gare de Tokyo ?

— Mais... oui. »

Fujiko devait, même alors, se remémorer leur ancienne habitude de descendre la Ginza tous deux en sortant de la gare. Yuzo ne s'y était pas promené récemment, ayant plus souvent parcouru le trajet en tramway.

Il l'interrogea d'un air indifférent :

« Où vas-tu ?

— Moi ? Je vous suis. Pourquoi ? »

Sur le visage de la jeune femme se lisait une certaine inquiétude.

« Non, je te demande où tu habites maintenant.

— Habiter... C'est peut-être beaucoup dire.

— Tu sais, en ce qui me concerne...

— Maintenant, j'irai où vous m'emmènerez.

— Alors, où prends-tu tes repas ?

— Mes repas ? Je n'en ai pas tellement.

— Où te procures-tu tes rations ? »

Fujiko lisait de l'irritation sur le visage de Yuzo, mais elle ne répondit rien. Il la soupçonna de ne pas vouloir lui dévoiler son adresse. Se souvenant qu'elle avait gardé le silence quand ils avaient traversé Shinagawa : « Un de mes amis m'héberge, vois-tu, dit-il.

— C'est une cohabitation ?

— Et même une cohabitation dans la cohabitation. Il a loué une chambre de six tatamis, et je m'y suis trouvé provisoirement un petit coin.

— Est-ce qu'une personne de plus... moi, ne pourrais-je m'y installer aussi ? Partager à trois, ce serait possible, n'est-ce pas ? » Cette femme devenait collante.

Sur le quai de la gare de Tokyo, six infirmières de la

Croix-Rouge se tenaient autour de leurs bagages. Yuzo regarda dans les deux sens, mais aucun soldat démobilisé n'était descendu du train. Sur la ligne de Yokosuka qu'il empruntait parfois, on voyait souvent des groupes de démobilisés sur ce quai ; parfois, ils voyageaient dans le même train que lui ; parfois, venu plus tôt, ils restaient rangés sur le quai.

Il n'existe sans doute dans l'histoire aucun précédent d'armées en déroute abandonnant tant de troupes au loin, au-delà des mers ; ni de pays qui se rende en laissant tant d'hommes livrés à eux-mêmes. Un grand nombre de soldats démobilisés dans les îles des mers du Sud parvenaient à Tokyo dans un état variant de la simple sous-alimentation à l'inanition complète. La vue de ces hordes malheureuses emplissait chaque fois le cœur de Yuzo d'une amertume inexprimable, mais son esprit critique s'éveillant, il se livrait à un examen de conscience sincère, et se sentait lavé. Tout bien pesé, que faire d'autre que baisser la tête, en rencontrant ses frères vaincus ? La compassion pour ces guerriers rentrant au pays natal montait en lui, comme s'ils étaient vraiment purs, d'une autre essence que ses voisins de quartier ou de tramway à Tokyo.

Cette pureté qu'il croyait lire sur leurs visages n'était peut-être que la patience dans la longue maladie. Ces hommes étaient abattus par la fatigue, la famine, le découragement. De ces traits terreux, de ces yeux enfoncés, de ces pommettes saillantes, toute force d'expression avait disparu — ils étaient prostrés.

Mais c'était peut-être moins simple, songeait-il. Cette prostration était peut-être moins profonde que ne le jugeaient les étrangers, peut-être de violentes passions pouvaient-elles encore naître dans ces cœurs. Mais ces hommes qui se sont nourris de ce que l'homme ne mange pas, ces hommes qui ont accompli les gestes que l'homme ne fait pas — il devait exister une veine de pureté chez les soldats qui se sont frayé un chemin jusque dans leur patrie[1]...

C'est un brancard qu'entouraient les infirmières de la Croix-Rouge, et un soldat malade posé sur le béton du quai. Yuzo passant près de lui faillit poser le pied sur la tête, mais l'évita de justesse. Même chez ce malade, l'expression restait limpide : il regardait, sans apparente animosité, les soldats américains monter et descendre des trains.

Une fois, Yuzo, stupéfait, avait entendu prononcer à voix basse, en anglais, les mots : *very pure,* mais, à la réflexion, ce devait être plutôt : *very poor* (très pauvres).

Les infirmières auprès des guerriers de retour au pays lui parurent encore plus belles que pendant la guerre, mais n'était-ce qu'un effet de contraste avec leur entourage ?

Yuzo descendit les marches du quai, puis se dirigea machinalement vers la sortie de Yaesu, mais voyant un campement de Coréens dans le couloir, il revint sur ses pas, comme s'il lui venait une autre idée : « Sortons donc par-devant. Je passe toujours par-derrière et je le faisais encore, par habitude. »

Il avait souvent trouvé là des Coréens qui attendaient des trains de rapatriement. Plutôt que de passer la longue attente à faire la queue sur la plate-forme, ils s'établissaient au pied des marches, certains à croupetons, d'autres étendus de tout leur long sur leurs bagages, sur des haillons ou des couvertures sales étendus par terre. A leurs ballots disparates serrés avec des cordes de paille étaient encore ficelés des pots et des casseroles. Ils devaient souvent passer ainsi la nuit entière. On voyait beaucoup de familles nombreuses, les enfants tout semblables aux enfants japonais. Sans

1. L'auteur fait allusion aux conditions atroces de vie des soldats abandonnés au loin après la défaite. *(N.d.T.)*

doute se trouvait-il là des femmes japonaises mariées à des Coréens. De temps à autre se détachait sur la cohue la blancheur d'une robe neuve traditionnelle, le rose d'une veste. Ces gens en partance vers leur pays à l'indépendance toute neuve évoquaient plutôt une troupe de malheureux réfugiés qu'un peuple libéré. Nombre d'entre eux semblaient sinistrés.

Du côté de la sortie de Yaesu, Yuzo remarquait d'autres files d'attente : des Japonais qui voulaient acheter des billets. Rentrant à une heure tardive, il les voyait se former dès la nuit, en prévision de l'ouverture des guichets, le lendemain matin. Quelques personnes s'accroupissaient, d'autres s'endormaient sur place ; les derniers arrivés pouvaient s'appuyer au parapet du pont ; jusqu'à ses abords, le sol était parsemé d'excréments. C'étaient les latrines de ces campeurs. Yuzo repérait l'endroit pendant ses trajets vers la banlieue ; par temps de pluie, il faisait un détour pour marcher dans les voies du tramway.

Cette scène quotidienne lui étant revenue à l'esprit, il emprunta la grande sortie. Un léger gazouillis provenait des arbres de la place ; le pâle coucher du soleil flanquait de deux taches claires le building de Marunouchi. Devant la gare, ils remarquèrent une fille de seize ou dix-sept ans plantée là, très sale, une longue bouteille de colle d'une main, de l'autre un crayon très court. Elle portait une blouse très usée, d'un orange rougeâtre, avec des manches grises. De gros sabots d'homme aux pieds, l'allure d'une vagabonde, d'une mendiante, cette créature accostait des soldats américains, les interpellait, faisait mine d'agripper leurs vêtements, sans qu'aucun voulût croiser son regard. Des hommes dont elle touchait le pantalon baissaient vers elle un regard surpris, distrait, et passaient leur chemin avec indifférence. Yuzo craignait que la pâte liquide ne collât sur le pantalon d'un militaire.

Enfin cette fille s'éloigna, tremblante, une épaule

plus haute que l'autre, glissant comme si ses gros sabots dérapaient. Elle traversa la place et disparut près de la gare obscure.

Fujiko détourna la tête pour la suivre des yeux :

« C'est horrible, n'est-ce pas ?

— Une folle. D'abord, j'ai pensé que c'était une mendiante.

— De nos jours, quand je vois des scènes de ce genre, j'ai peur de finir comme cela. J'en ai des frissons... mais maintenant que je vous ai rencontré, je n'ai plus à m'inquiéter. Je suis si heureuse de n'être pas morte. Vivante, j'ai pu vous retrouver.

— Il faut bien voir les choses ainsi. Du temps du grand tremblement de terre, j'avais été pris sous une maison de Kanda qui s'était écroulée. J'étais coincé par une poutre ; j'ai failli mourir.

— Oui, je sais, il vous en reste une cicatrice à la hanche droite... un jour, vous me l'aviez raconté.

— J'allais encore au lycée. Mais, bien entendu, le Japon n'était pas à cette époque-là un criminel de guerre traduit devant le tribunal du monde. Un tremblement de terre, c'est une calamité naturelle.

— Je me demande si j'étais née lors du grand tremblement de terre ?

— Bien sûr !

— Je vivais à la campagne ; je n'étais au courant de rien. Si je dois avoir des enfants, je préfère attendre que le pays ait commencé à revivre.

— Voyons, tu le disais toi-même il y a un moment : l'homme n'est jamais si fort que dans le feu. Je n'ai pas couru d'aussi grands dangers pendant la guerre que pendant le grand tremblement de terre... Je veux dire qu'il y a eu plus de dangers en un seul instant de calamités. De nos jours, les enfants vivent l'esprit plus libre. Dès l'enfance, ils connaissent beaucoup moins de contrainte.

— Vraiment ? Après notre séparation, je pensais parfois que si vous deviez partir pour la guerre, j'aurais aimé avoir un enfant de vous. Alors, être ainsi, vivante, à côté de vous... Si vous le vouliez... »

Elle vint tout près ; ils se trouvaient épaule contre épaule.

« Ce qu'on appelle un enfant naturel, dit-il, légalement, cela n'existe plus.

— Ah ? »

Yuzo fronça le sourcil ; il lui semblait avoir manqué une marche et la tête lui tournait un peu. Il n'était pas impossible que Fujiko fût sincère ; cependant, depuis le moment de leur rencontre à Kamakura, tous deux n'avaient échangé que des propos durs, secs, pleins de sous-entendus. Cela le fit réfléchir et l'effraya.

Il soupçonnait la jeune femme de rechercher son intérêt, et ce souci ne devait certes pas être tout à fait absent des propos résolus qu'elle tenait ; néanmoins, elle donnait aussi l'impression de se jeter à sa tête sans arrière-pensée, comme si elle n'était pas encore éveillée de sa stupeur.

Maintenant qu'il l'avait retrouvée, le sol manquait sous ses pas. Le souci réaliste de se préserver restait toujours présent, chez lui, dans sa crainte de renouer cette liaison fatale, et cela depuis le premier moment qu'il l'avait aperçue, mais pourtant ses intentions sortaient quelque peu du domaine du réalisme.

Séparé des siens qui avaient été évacués, errant à travers une ville où toutes règles étaient abolies — car c'était une période de liberté sans frein —, il avait renoué sans résistance avec Fujiko ; il semblait pourtant qu'un penchant irrésistible l'eût lié, ensorcelé. Il sortait d'une époque où il s'était enivré de sacrifier à la guerre son moi, sa réalité ; maintenant encore, dans son émerveillement à se retrouver lui-même, après sa découverte de la jeune femme au sanctuaire d'Hachiman, une humeur souillée de quelque obscur poison lui pesait. Un sentiment d'oppression croupissante l'envahit. Néanmoins, le destin qui le réunissait à la femme des jours d'avant-guerre, le châtiment qu'il encourait pour s'être à nouveau chargé de son fardeau d'antan, tout cela se transmuait en compassion pour elle.

En arrivant aux voies du tramway, Yuzo hésita : se dirigerait-il vers le parc de Hibiya ? vers Ginza ? Le parc se montrait plus proche ; il avança donc jusqu'à l'entrée, mais quand il vit combien tout y était bouleversé, il se détourna pour repartir dans l'autre direction. Il faisait nuit quand ils atteignirent Ginza.

Fujiko n'ayant pas révélé son adresse, Yuzo ne pouvait lui proposer d'aller chez elle. Peut-être, d'ailleurs, ne vivait-elle pas seule. Elle montrait un peu de timidité, mais n'en continuait pas moins son manège et le suivait sans insister pour connaître leur destination. Elle dissimulait même sa crainte des rues désertes, sombres, dévastées par les bombardements. Yuzo commençait à s'impatienter.

Ils auraient pu passer la nuit dans certaines maisons de Tsukuji, mais Yuzo ne connaissait pas bien ce quartier. Ils marchaient à l'aventure, dans la direction générale du théâtre du Kabuki. Soudain, sans prévenir, Yuzo s'enfonça dans une allée pour y chercher un recoin discret. Fujiko se précipita derrière lui. « Attends-moi là, juste une minute. — Non, j'ai peur ! » Elle se tenait si près qu'il l'eût volontiers repoussée du coude.

Les briques et les tuiles cliquetaient sous ses pas, tandis qu'il s'avançait avec précaution vers un mur, mais il s'aperçut soudain que ce mur se dressait comme une feuille isolée de paravent, debout encore alors que tout le reste du bâtiment avait été détruit par l'incendie.

Il en reçut un choc. Sur la ligne de crête, déchiquetée en biais, pesait l'obscurité, crocs de la nuit menaçante, brûlure puante qui l'aspirait.

« Moi... Une fois j'ai voulu me sauver, retourner en province. Un soir comme celui-ci, dans la gare de

Ueno... Je me suis rendu compte, en passant la main, que j'étais mouillée, dit Fujiko, retenant son souffle. Derrière moi, un homme venait de souiller mes vêtements !

— Ouais ! Vous deviez vous serrer de si près...

— Oh, non ! pas du tout ! j'en frissonnais... j'ai quitté la file. Les hommes sont effrayants. En un moment pareil, comment a-t-il pu ? Ah, j'ai peur. » Fujiko, serrant les épaules, s'accroupit tout près de lui.

« Ce devait être un malade.

— Un sinistré. Il tenait un papier à la main certifiant que sa demeure avait été brûlée. Il quittait Tokyo. »

Yuzo se détournait, prêt à repartir, mais Fujiko ne manifestait aucune intention de se relever. Elle continuait : « La queue sortait de la gare jusqu'à un endroit où il faisait nuit noire et...

— Allons, partons !

— Ah ! mais c'est que je n'en puis plus ! Si nous continuons comme cela, je vais m'enfoncer là, dans le sol noir. Je suis sortie depuis ce matin... »

Elle avait dû fermer les yeux. Yuzo, toujours debout, baissait le visage vers elle, pensant qu'elle n'avait peut-être même pas déjeuné, mais dit seulement : « On commence à reconstruire les maisons, par ici.

— Ah oui ? J'aurais peur. Je ne pourrais pas vivre dans un endroit pareil.

— Peut-être des gens y vivent-ils déjà ?

— J'ai peur ! J'ai tellement peur ! » s'exclama Fujiko. La jeune femme se releva en s'accrochant à la main de l'homme. « C'est terrible ! Vous m'effrayez !

— Il n'y a rien à craindre. A l'époque du tremblement de terre, j'ai vu des gens se donner des rendez-vous galants dans des cabanes comme celles qui sont là-bas... mais quelle atmosphère sinistre !

— Sinistre ! Ah, ça ! vous pouvez le dire ! »

Somme toute, Yuzo ne rejetait pas Fujiko. Sous l'emprise d'un sentiment de chaleur, d'indicible intimité, de repos innocent qui agissait comme un calmant sur son étonnement mystérieux, il éprouvait, plutôt que l'irritation qui suit la longue séparation de toute féminité, la tendre redécouverte de la femme, comme après une longue maladie.

L'épaule de Fujiko, maigre, osseuse, ne se pressait contre la sienne que du poids d'une lourde fatigue. Pourtant, c'était pour lui les retrouvailles avec la femme même.

Yuzo descendit du tas de gravats et se dirigea vers les cabanes. Elles paraissaient dépourvues de fenêtres. En approchant, il entendait des lames de bois se briser sous ses pas.

1946.

LA LUNE DANS L'EAU

Un jour, la jeune femme eut l'idée de prendre sa glace à main pour montrer à son mari, toujours alité dans une chambre du premier étage, une partie du potager. Il n'en fallut pas davantage pour ouvrir une vie nouvelle au malade, et cela devait aller bien plus loin qu'elle ne l'aurait imaginé.

La glace à main provenait du nécessaire de son trousseau, un nécessaire assez modeste en bois de mûrier, comme l'était le cadre de la glace. Cet objet lui rappelait toujours la gêne qu'elle éprouvait, au début de leur mariage, lorsqu'elle s'en servait pour bien voir le reflet de sa nuque dans le miroir à trois faces. Sa manche glissait alors, dénudant le bras au-dessus du coude.

« Que tu es maladroite, Kyoko ! Donne, je vais te la tenir. »

Quand elle sortait du bain, son mari semblait trouver un certain plaisir à projeter, sous tous les angles, avec la glace à main, l'image de cette nuque dans le grand miroir. Découvrirait-on les choses sous un aspect nouveau, la première fois qu'elles se reflètent dans la glace ? En vérité, Kyoko n'était pas maladroite, mais

113

elle trouvait affreusement gênant que son mari l'observât ainsi de dos.

Le bois de mûrier n'eut pas le temps de se décolorer dans le tiroir. Vint la guerre : ils furent évacués, puis l'homme tomba malade. Quand la jeune femme eut l'idée de lui montrer le jardin dans la glace, le verre était terni, le cadre souillé de poudre et de poussière. Kyoko n'en avait cure ; d'ailleurs, on voyait quand même les images. Depuis lors, l'invalide garda toujours cet objet à son chevet, polissant méticuleusement, dans son ennui, le verre et le bois avec cette nervosité propre aux grands malades. Souvent Kyoko, le voyant souffler dessus, en vérifier l'éclat − bien que toute ternissure en eût disparu −, s'imaginait que les bacilles tuberculeux devaient gîter dans les imperceptibles fissures du cadre.

En le coiffant, elle lui versait un peu d'huile de camélia sur les cheveux ; alors, il se passait les paumes sur la tête pour lustrer ensuite le bois de la petite glace, tandis que celui du nécessaire demeurait terne.

Elle garda ce même nécessaire quand elle se remaria.

Néanmoins, elle avait posé la glace à main dans le cercueil, pour la faire brûler durant l'incinération ; elle l'avait remplacée par une autre, décorée d'un motif sculpté dans le style de Kamakura, sans jamais en parler à son deuxième mari.

Les mains du mort ayant été jointes immédiatement, les doigts croisés, selon l'usage, elle n'avait pu leur faire tenir la glace après la mise en bière.

« Votre poitrine vous a tant fait souffrir ! C'est trop lourd encore », murmura-t-elle. D'abord, elle l'avait posée sur le torse, en souvenir du rôle important que cette glace avait joué dans leur vie commune, mais elle la descendit sur le ventre, entassa dessus des chrysanthèmes blancs pour la dissimuler autant que possible à ses parents, à ses beaux-frères, et personne ne s'aperçut de rien. Quand on recueillit les ossements, le verre, fondu, formait une masse irrégulière d'un gris jaunâtre.

« Tiens ! du verre ! Je me demande ce que cela pouvait être », avait dit quelqu'un. La jeune femme avait en outre posé sur la glace à main une autre, encore plus petite, rectangulaire, à double face, qu'elle avait jadis rêvé d'utiliser en voyage de noces ; à cause de la guerre, ils n'étaient pas partis et elle n'avait jamais eu l'occasion de s'en servir du vivant de son premier mari.

Le second, lui, l'emmena en voyage de noces, mais le cuir de la trousse étant maintenant moisi, elle en avait acheté une deuxième qui contenait aussi, bien entendu, sa glace.

Au premier jour de leur lune de miel, cet homme, en la caressant, lui avait dit : « Tu es comme une jeune fille, ma pauvre ! », et sa voix, loin de contenir l'ombre d'un sarcasme, laissait au contraire deviner une surprise heureuse. Un second mari peut trouver charmant que sa femme soit restée jeune fille, mais elle, bouleversée de chagrin, sentit les larmes lui monter aux yeux. Elle se rétracta. Jugea-t-il cela puéril aussi ?

Kyoko ne parvenait pas à voir clair et à discerner si ces larmes coulaient pour elle-même ou pour son premier mari ; cependant, éprouvant à l'égard de celui qui se tenait alors à ses côtés quelque remords d'un tel souci, elle songea qu'elle lui devait un brin de coquetterie.

« Serait-ce donc si différent ? » fit-elle, mais aussitôt une telle gêne l'envahit qu'elle se sentit les joues en feu.

Son mari lui répondit d'un air satisfait : « On voit bien que tu n'as jamais eu d'enfant. »

Cette remarque lui perça le cœur une seconde fois. Devant une autre virilité que celle de son premier mari, elle se sentait humiliée, un jouet...

« J'ai toujours eu l'impression de m'occuper d'un enfant. »

Elle ne protesta pas davantage. Même mort, son premier mari, si longtemps malade, lui semblait encore vivre en elle comme un enfant. Mais à quoi bon leur longue continence ! N'était-il pas condamné de toute façon ?

« Je n'ai vu Mori que de la fenêtre du train, sur la ligne de Joetsu. » En parlant à la jeune femme de sa ville natale, l'homme l'attirait de nouveau près de lui. « D'après son nom, ce doit être une jolie ville dans les bois. Y es-tu restée longtemps ?

— Jusqu'à la fin de mes études au lycée. Puis l'on m'a requise pour travailler dans une usine de munitions de Sanjo.

— Tiens, c'est près de Sanjo. Les beautés de Sanjo sont célèbres. Voilà pourquoi tu es si bien faite !

— Oh ! Qu'allez-vous chercher là ! » Kyoko posa les mains sur l'entrebâillement de son kimono.

« Tes mains, tes bras sont beaux. Je puis donc imaginer que tu es bien faite.

— Mais non... » Ses mains gênaient son mari ; la jeune femme les écarta doucement.

« Je pense que je t'aurais épousée même si tu avais eu un enfant. Une fille, ç'aurait été mieux », souffla-t-il dans l'oreille de Kyoko.

Cette curieuse déclaration d'amour pouvait peut-être se justifier par le fait que cet homme avait déjà un fils. La présence chez lui de cet enfant expliquait sans doute ce long voyage de noces de dix jours, combiné dans un sentiment de délicatesse.

Il possédait une trousse de cuir qui semblait de belle qualité, grande et solide sans être neuve, bien patinée, soit qu'il voyageât beaucoup, soit qu'il en prît grand soin. Celle de Kyoko ne supportait pas la comparaison. La jeune femme eut un regret pour la première, celle qu'elle avait laissée moisir inutilisée ; seul le petit miroir lui avait servi pour son mari et l'avait suivi dans la mort.

La petite plaque de verre une fois fondue dans la glace à main, personne, hormis elle, ne pouvait soupçonner qu'il y avait eu deux objets différents à l'origine. Elle n'avait jamais révélé l'origine de cette masse bizarre, et qui donc aurait soupçonné la vérité ?

Pourtant, il semblait à la jeune femme que tous les mondes jadis reflétés dans ces deux glaces avaient été brusquement, impitoyablement détruits. Elle éprouvait le même sentiment d'absence que devant la disparition du corps de son mari, réduit en cendres. La glace à main qui lui avait d'abord servi pour refléter le potager semblant même devenir trop lourde pour le malade, dont il avait fallu masser les bras et les mains, elle lui avait donné l'autre, encore plus petite et plus légère.

A la fin de sa vie, son mari ne s'était pas contenté de contempler le potager de sa femme, mais aussi le ciel et les nuages, la neige, les montagnes lointaines et les bois tout proches. Il avait observé la lune, regardé les fleurs des champs, les oiseaux migrateurs. Des hommes avaient suivi le sentier dans le miroir, et les enfants joué au jardin.

La jeune femme s'émerveillait de la richesse, de l'immensité du monde reflété dans ce qu'elle avait considéré jusqu'alors comme un simple objet de toilette pratique pour se coiffer la nuque et qui avait ouvert à l'invalide cette vie nouvelle. Kyoko s'asseyait souvent à son chevet, et tous deux plongeaient ensemble leurs regards dans le miroir pour commenter ensuite cet univers qu'ils y découvraient. Au bout d'un certain temps, elle se mit à le distinguer de celui qu'elle percevait à l'œil nu ; deux mondes distincts vinrent à coïncider pour elle : celui que recréait le miroir avait acquis sa réalité.

« Dans la glace, le ciel brille comme de l'argent », fit-elle un jour, puis, levant les yeux pour regarder par la fenêtre, elle ajouta : « Tandis que l'autre est gris, nuageux. »

Certes, le ciel du miroir ne présentait pas l'aspect plombé du ciel réel : il étincelait.

« Est-ce parce que vous le polissez constamment ? »

Sans sortir de son lit, le malade pouvait voir le ciel rien qu'en tournant la tête.

« En effet, un gris éteint. Pourtant, sa couleur n'est peut-être pas la même pour les yeux des moineaux et des chiens que pour les nôtres. Alors, comment savoir qui perçoit la nuance exacte ?

— Ce qui nous apparaît ainsi... Ce miroir serait-il un œil ? »

Kyoko l'aurait volontiers appelé l'œil de leur amour. Les arbres y paraissaient d'un vert plus tendre que les arbres véritables, les lis d'une blancheur plus éclatante.

« Voici l'empreinte de ton pouce, Kyoko, de ton pouce droit. »

Il lui désignait le bord du miroir. Surprise, et même sans savoir pourquoi, légèrement effarouchée, la jeune femme souffla sur la trace pour l'effacer.

« Mais cela ne faisait rien ! Tes empreintes marquaient la glace la première fois que tu m'as montré le potager.

— Je ne m'en étais pas aperçue.

— Peut-être pas, en effet, mais grâce à cela, je connais par cœur les traces de tes pouces et de tes index. Il faut être cloué dans son lit pour apprendre ainsi les empreintes digitales de sa femme ! »

Depuis son mariage, cet homme était pratiquement toujours malade ; il n'avait même pas, en cette époque de violence, fait la guerre. Requis vers la fin des hostilités, épuisé par quelques jours de terrassement sur un champ d'aviation, il avait été réformé peu de temps avant la défaite, alors qu'il ne tenait plus debout. Son frère aîné avait dû aller le chercher avec Kyoko, revenant de chez ses parents qu'elle avait été rejoindre après le départ de son mari.

Ils avaient déjà fait expédier presque toutes leurs

affaires et quittèrent la ville à cause des bombardements. La maison qu'ils avaient habitée les premiers temps de leur mariage ayant brûlé, ils louèrent une chambre à l'une des amies de Kyoko ; le mari se rendait tous les jours au bureau. De fait, la jeune femme ne l'avait eu valide près d'elle que pendant un mois dans leur premier logement, puis deux mois chez une amie.

Ensuite, on décida qu'il louerait une maison à la montagne pour se soigner. D'autres citadins, des réfugiés, l'avaient habitée, mais après la défaite ils étaient repartis pour Tokyo.

Kyoko avait repris leur potager, une petite clairière dans les hautes herbes qui mesurait à peine cinq mètres de côté. Vivant à la campagne, elle aurait pu trouver facilement des légumes, mais, à cette époque, on n'abandonnait pas volontiers un précieux potager ; en outre, elle prenait de l'intérêt à ce qu'elle faisait pousser de ses mains. Non qu'elle recherchât des prétextes pour s'éloigner du chevet du malade, mais tricoter ou coudre, par exemple, la déprimait. Ses espoirs s'égayaient quand elle jardinait ; elle pensait alors constamment à son mari, tout à son amour pour lui. Quant à lire, ses lectures à haute voix lui suffisaient. Cela tenait peut-être à ses fatigues de garde-malade, mais il lui semblait qu'elle se perdait elle-même, et elle espérait que ce travail au potager lui permettrait de se reprendre.

Ils étaient arrivés à la montagne vers le milieu de septembre, après le départ des visiteurs de l'été, sous une longue pluie froide de début d'automne.

Un jour, juste avant le crépuscule, Kyoko se trouvait dans le potager qu'éclairait un soleil rayonnant ; le ciel pâlissait, les oiseaux poussaient des cris perçants, les légumes verts luisaient. La jeune femme s'exaltait à la vue des nuages roses qui flottaient près des cimes quand elle s'étonna d'entendre la voix de son mari. Elle monta vite au premier étage, les mains encore terreuses. Le malade respirait à grand-peine.

« Il y a si longtemps que je t'appelle, et tu ne me réponds pas !

— Excusez-moi, je ne vous avais pas entendu.

— Je te prie de renoncer à ce jardinage. S'il me faut t'appeler pendant plusieurs jours de cette façon, j'en mourrai. D'ailleurs, je ne sais même pas où tu es, ni ce que tu fais.

— Dans le potager. Mais j'abandonnerai ce jardinage. »

Il s'adoucit. « As-tu entendu chanter la mésange ? »

Voilà pourquoi son mari l'appelait. Tandis qu'ils parlaient, l'oiseau se remit à chanter dans un bois proche, un petit bois qui se dessinait avec précision dans le soleil rougeoyant ; Kyoko apprit ainsi à reconnaître le cri de la mésange.

« Il vous faudrait une sorte de sonnette, de grelot, cela vous serait commode. En attendant que nous en achetions, voulez-vous que je pose à votre chevet un objet que vous pourriez jeter ?

— Un bol à thé ! Je pourrais le jeter du premier étage, ce serait amusant. »

Kyoko reçut donc la permission de poursuivre son jardinage, mais ce fut après le long et rude hiver à la montagne, après la venue du printemps, qu'elle eut l'idée de montrer à son mari le potager.

Le petit miroir procura beaucoup de joies au malade, comme si le monde des jeunes feuilles eût été ressuscité pour lui. Cependant, il ne parvenait pas à distinguer les insectes que sa femme retirait des légumes : elle devait donc grimper au premier étage pour les lui montrer, mais lorsqu'elle bêchait :

« Je vois même les vers de terre », disait-il.

Aux heures où le soleil frappe en diagonale, Kyoko, parfois distraite par une lueur fugace, levait la tête vers la fenêtre de la chambre : son mari venait de capter un rayon dans la glace. Il lui demanda de se confectionner une tenue de jardinage dans son ancien kimono d'étudiant ; ensuite, il sembla prendre plaisir à la voir ainsi vêtue, dans le potager. Souvent elle travaillait, se sachant observée, mais à demi oublieuse cependant des regards de son mari. Son cœur se réchauffa quand elle prit conscience de l'évolution de ses sentiments depuis les premiers temps de son mariage : à cette époque-là, elle rougissait de montrer seulement son coude en levant la glace à main derrière sa nuque, dans ce jeu des miroirs parallèles de la femme à la toilette.

Après la guerre et la défaite, les soins à donner au malade, puis son deuil, ne lui avaient pas permis de se maquiller comme elle l'aurait souhaité. Elle n'en prit l'habitude qu'après son deuxième mariage. Elle avait sensiblement embelli et s'en rendait compte. Quand son nouveau mari lui avait dit, au premier jour de leur union, qu'elle était bien faite, il devait être sincère, se dit-elle plus tard.

Elle n'éprouvait plus aucune gêne devant le reflet de sa peau dans un miroir, après un bain par exemple. Elle s'y voyait belle. Cependant, elle gardait vivace en son for intérieur ce sentiment très personnel de la beauté dans un miroir que son premier mari lui avait inculqué ; bien loin de la mettre en doute, elle avait fini par croire à l'existence d'un monde autre.

Certes, entre sa peau, telle qu'elle l'observait de près, et le reflet qui lui était renvoyé, la jeune femme trouvait plus de ressemblance qu'entre le ciel gris de jadis et son reflet argenté. La différence d'éloignement de l'objet au miroir ne suffisait pas à l'expliquer : la soif, la nostalgie de l'invalide avait peut-être influencé sa vision. Mais alors, comment imaginer quel attrait son mari lui trouvait dans la glace, quand il la regardait du premier étage ? Même de son vivant, elle n'en avait rien su.

Elle gardait, plus encore qu'un souvenir, un regret

chargé d'admiration pour tout ce qui avait formé leur univers particulier : sa silhouette au travail dans le potager, cette silhouette qu'il suivait dans la glace avant sa mort ; les enfants du village jouant en bande dans les champs ; le bleu foncé des clochettes et la blancheur des lis ; le soleil levant au-dessus des montagnes lointaines. Néanmoins, par égard pour son second mari, elle réprimait ce sentiment qui devenait une soif intense et le repoussait dans le lointain, telle la promesse d'un monde divin.

Un matin de mai, la jeune femme entendit à la radio des chants d'oiseaux des bois, enregistrés dans une montagne proche de son lieu de séjour, avant la mort du malade. Quand elle eut accompagné son second mari jusqu'à la porte, elle sortit son nécessaire pour y refléter le ciel clair, selon son habitude d'autrefois. C'est alors qu'elle fit une découverte surprenante : on ne connaît que le reflet de son visage ; ces traits qui vous sont personnels, uniques, vous demeurent invisibles. On se touche la figure chaque jour, comme si les traits que renvoie le miroir étaient ceux de votre vrai visage...

Quelle signification donner au fait que le Créateur ait façonné les hommes tels qu'ils ne puissent contempler leur propre visage ? Kyoko resta songeuse un long moment.

« En le voyant, deviendrait-on fou ? tout à fait incapable d'action ? »

L'homme aurait-il évolué vers une forme telle que son visage lui demeure invisible ? Peut-être, songeait Kyoko, la libellule et la mante religieuse connaissent-elles l'aspect de leur tête ?

Le visage, ce qu'il y a de plus personnel chez les humains, semblerait n'être destiné qu'à la vue des autres. En serait-il de même de l'amour ?

Kyoko, rangeant sa glace, remarqua cette fois encore qu'elle se mariait bien mal avec le nécessaire en bois de mûrier. Pouvait-on s'imaginer que celui-ci fût veuf, depuis le sacrifice de la glace d'origine ? L'avoir mise entre les mains de l'invalide avec l'autre, plus petite, avait certainement été un bienfait pour lui, mais non sans danger : il devait s'y regarder constamment en s'effrayant des progrès du mal que lui révélait ce visage, devant lui, dans une sorte de tête-à-tête avec le dieu de la mort. Si ç'avait été un suicide psychologique, avec le miroir pour instrument, alors Kyoko serait sa meurtrière. Un jour, découvrant ce péril, elle avait tenté de reprendre la glace, mais le malade refusait de s'en séparer.

« Voudrais-tu que je ne voie plus rien ? Tant que je vivrai, je veux pouvoir aimer ce que je verrai. »

Pour conserver ce reflet du monde, il aurait sacrifié sa vie. Certain jour, après une forte averse, tous deux contemplaient la lune reflétée dans une flaque d'eau. Cette lune, dont on pouvait à peine dire qu'elle fut l'illusion d'une illusion, resurgit dans le cœur de Kyoko.

« L'amour sain ne vit que chez l'homme sain. » Quand son deuxième mari proférait des aphorismes de cette sorte, la jeune femme, bien entendu, acquiesçait timidement, mais sans être tout à fait d'accord. Elle s'était demandé, juste après la mort de son premier mari, si la continence rigoureuse qu'ils avaient observée n'avait pas été superflue, mais bientôt cela devint un souvenir émouvant de leur amour, d'une époque intérieurement comblée de tendresse. Ses regrets se dissipèrent. Son second mari n'entretenait-il pas, sur l'amour d'une femme, des vues un peu sommaires ?

« Comment un homme aussi gentil que vous a-t-il pu quitter sa femme ? » lui avait demandé Kyoko, sans obtenir de réponse. L'aîné de ses beaux-frères l'avait beaucoup poussée dans la voie de ce mariage, qu'elle avait accepté après avoir fréquenté cet homme pendant quatre mois. Il était son aîné d'une quinzaine d'années.

Lorsque Kyoko s'aperçut qu'elle était enceinte, elle en fut tellement effrayée que son visage même s'altéra.

« J'ai peur, j'ai peur ! » gémissait-elle, cramponnée à son mari. De violents malaises l'accablaient et son esprit se troublait. Elle sortit un matin pieds nus dans le jardin pour cueillir des aiguilles de pin ; un autre jour, elle donna deux gamelles au fils de son mari qui partait pour l'école, et toutes deux contenaient du riz ; elle se perdait en contemplation devant la glace à main décorée de motifs gravés et la croyait transparente. Une nuit, même, s'éveillant, elle s'assit sur sa couche pour fixer le visage de son mari qui dormait et, malgré sa crainte de la précarité de la vie, dénoua sa ceinture de pyjama. Sans doute était-elle sur le point de l'étrangler quand, soudain, elle s'effondra, pleurant et criant. Son mari, tiré du sommeil, renoua la ceinture d'un geste tendre. Elle frissonnait par cette nuit de plein été.

« Fais confiance à l'enfant que tu portes, Kyoko ! » lui dit-il en la secouant doucement par les épaules.

Le médecin conseillait l'hospitalisation. Cela déplaisait à la jeune femme, mais elle finit par se laisser convaincre.

« C'est bon, j'irai, mais auparavant laissez-moi passer deux ou trois jours seulement chez mes parents. »

Son mari l'y conduisit. Dès le lendemain, Kyoko les quittait pour aller à la montagne où elle avait vécu avec son premier mari. Cela se passait au début de septembre, une dizaine de jours avant la date de leur arrivée, jadis. Dans le train, la jeune femme angoissée, souffrant de nausées, d'éblouissements, craignit de ne pas résister à la tentation de sauter par la portière. Cependant, dès qu'elle sortit de la gare, l'air frais la soulagea. Elle se reprit, libérée, lui semblait-il, d'une possession. Sous l'effet d'un sentiment indéfinissable, elle fit halte pour contempler les montagnes qui cernaient le plateau. Le contour des sommets, d'un bleu tirant sur l'indigo, se dessinait avec précision dans le ciel.

Kyoko sentit que ce monde vivait. Elle s'essuya les yeux que des larmes humectaient et partit à pied vers son ancienne demeure. Dans le bois qui s'était autrefois découpé sur un crépuscule couleur de pêche, la mésange chantait toujours.

Son ancienne maison paraissait habitée ; Un rideau de dentelle masquait la fenêtre du premier étage. Kyoko la regardait sans oser trop approcher.

« Que deviendrai-je si l'enfant vous ressemble ? » murmura-t-elle, tout étonnée des paroles qu'elle prononçait ; alors, elle revint sur ses pas, dans un sentiment de chaleur et de paix.

1953.

TABLE

IMPRIMÉ EN FRANCE PAR BRODARD ET TAUPIN
58, rue Jean Bleuzen - Vanves - Usine de La Flèche.
LIBRAIRIE GÉNÉRALE FRANÇAISE - 14, rue de l'Ancienne-Comédie - Paris.

ISBN : 2 - 253 - 03529 - 7   ◈ 42/3023/1